Melchior Neumayr

Über Kreideammonitiden

Antigonos

Melchior Neumayr

Über Kreideammonitiden

Unveränderter Nachdruck der Originalausgabe von 1875.

1. Auflage 2024 | ISBN: 978-3-38635-131-7

Antigonos Verlag ist ein Imprint der Outlook Verlagsgesellschaft mbH.

Verlag: Outlook Verlag GmbH, Zeilweg 44, 60439 Frankfurt, Deutschland, info@outlook-verlag.de
Vertretungsberechtigt: E. Roepke, Zeilweg 44, 60439 Frankfurt, Deutschland
Druck: Libri Plureos GmbH, Friedensallee 273, 22763 Hamburg, Deutschland

Über Kreideammonitiden.

Von Dr. M. Neumayr.

(Vorgelegt in der Sitzung am 13. Mai 1875.)

A. Allgemeiner Theil.

Die Umgestaltung der Classification der Ammonitiden ist durch die Arbeiten von Laube[1], v. Mojsisovics[2], Suess[3], Waagen[4] und Zittel[5] so weit gediehen, dass fast alle Vorkommnisse der Trias und des Jura in die neuen Gattungen eingetheilt werden können; dagegen haben wir kaum mehr als die ersten Andeutungen in Beziehung auf die Formen der paläozoischen Periode und der Kreide, und für letztere soll die vorliegende Schrift die bestehende Lücke ausfüllen; ich suche dabei die kurze Skizze eingehend auszuführen, welche ich bei einer früheren Gelegenheit über die Entwicklung einiger jurassischer Typen während der Kreidezeit gegeben habe[6].

Das Material für meine Studien in dieser Richtung lieferte mir zunächst die sehr reiche Suite norddeutscher Neocomammoniten, welche Herr A. Schloenbach in Salzgitter mir zur Bearbeitung anzuvertrauen die Güte hatte; zur Vervollständigung der erhaltenen Resultate begab ich mich dann auf einige Zeit

---

[1] Laube, über Ammonites Aon und seine Verwandte. Sitzungsberichte der Wiener Akademie, naturw. Cl. 1869. Bd. LIX.

[2] Mojsisovics, das Gebirge um Hallstatt. Abhandlungen der geolog. Reichsanstalt. Bd. VI.

[3] Suess, über Ammoniten. Sitzungsbericht der Wiener Akademie, naturw. Cl. 1865. Bd. LII.

[4] Waagen, die Formenreihe des *Ammonites subradiatus,* Benecke's geognostisch-palaeontologische Beiträge. Bd. II.

Waagen, die Ansatzstelle des Haftmuskels bei *Nautilus* und den Ammoniten. Paläontographica. 1870. Bd. XVII.

[5] Zittel, die Fauna der älteren Cephalopoden führenden Tithonbildungen.

[6] Neumayr, die Fauna der Schichten mit *Aspidoceras acanthicum.* Abhandl. der geolog. Reichsanstalt. Wien, 1873.

nach Genf, um die Pictet'sche Sammlung kennen zu lernen, welche jetzt dem Genfer naturwissenschaftlichen Museum angehört, und deren uneingeschränkte Benützung mir Herr P. v. Loriol in der liebenswürdigsten Weise gestattete und in jeder Beziehung erleichterte. Ich ergreife hier mit Vergnügen die Gelegenheit, Herrn A. Schloenbach und Herrn P. v. Loriol meinen besten Dank auszusprechen; zu grossem Danke bin ich auch Herrn v. Suttner in München für einige interessante Mittheilungen verpflichtet.

Ich werde zunächst die Grundsätze, welche ich befolgt habe, und die Bedeutung der beim Studium der Ammonitiden erreichten Resultate erörtern, dann kurz die Beziehungen der Ammoneenfauna der Kreide zu älteren verwandten Formen besprechen und endlich zur Beschreibung der Entwickelung und der Charaktere der einzelnen Gattungen übergehen; der Discussion jeder derselben habe ich ein Verzeichniss zugehöriger Arten beigefügt, welches die grosse Mehrzahl der Angehörigen enthält, jedoch nicht auf Vollständigkeit Anspruch macht; einerseits schien die genaue Durchsicht aller schwer zugänglichen Literatur im Verhältniss zu dem Erfolge zu zeitraubend, andererseits wurden alle ungenügend abgebildeten auf schlechte Exemplare gegründeten oder nur durch kurze Phrasen charakterisirten Arten ausgelassen, so namentlich die von d'Orbigny in seinem Prodrome beschriebenen Formen. Die Zugehörigkeit einiger weniger Vorkommnisse blieb mir auch ganz unklar, und es soll später noch von diesen aberranten Typen die Rede sein. Eine Kritik der Speciesfassung wurde, als nicht im Plane liegend, vermieden.

Da ich manche, namentlich obercretacische Formen nicht aus eigener Anschauung kenne, und ich in dieser Beziehung auf Abbildungen angewiesen war, so ist es möglich, dass sich trotz aller Sorgfalt einzelne Irrthümer eingeschlichen haben; ich glaubte mich jedoch durch die Rücksicht hierauf nicht von der Anfügung umfangreicher Artenverzeichnisse abhalten lassen zu sollen, da dieselben für die praktische Benützung der Arbeit und für die Orientirung in der Eintheilung von Werth sind.

Ich habe bei einer früheren Gelegenheit nachgewiesen, dass eine Eintheilung der Ammoneen auf Grund der als die wichtigsten betrachteten Merkmale, namentlich Aptychus, Mundrand und Länge der Wohnkammer nicht durchführbar ist[1], und bei den Kreideformen gestalten sich die Verhältnisse noch bedeutend ungünstiger als bei denjenigen des Jura, da hier fast immer der Mundrand und das letzte Stück der Wohnkammer fehlt; in der Regel sind es nur allgemeine Form, Sculptur, Lobenlinie und innere Windungen, welche zu erkenen sind, die übrigen Kennzeichen fehlen. Wir müssen auch hier demjenigen Wege uns zuwenden, der bei den jurassischen Formen als der richtige sich erwiesen hat, dem Studium der genetischen Beziehungen. Da hier zum ersten Male der Versuch gemacht wird, bei zusammenhängender Bearbeitung eines grossen Formengebiets die systematische Anordnung nach den genetischen Verhältnissen zu treffen, somit ein neuer Weg eingeschlagen wird, so müssen wir zunächst die leitenden Principien etwas besprechen.

Wir können das Hervorgehen einer Form aus der anderen nicht oft direct constatiren, da vollständige Übergangsreihen zwischen ziemlich weit von einander entfernten Arten nicht häufig sind; wo dieses directe Mittel zur Feststellung des genetischen Zusammenhanges fehlt, ist es allerdings nur die morphologische Ähnlichkeit, welche leitet, gerade wie auch bei allen classificatorischen Arbeiten, welche nicht die genetischen Beziehungen als Hauptmoment annehmen, und ein wesentlicher Unterschied besteht nur in der Art und Weise, in welcher wir den systematischen Werth einzelner Merkmale und des gesammten Habitus beurtheilen. Es muss dies in der Weise geschehen, dass wir in den Fällen, in welchen vollständige Übergänge bei grösseren Reihen vorliegen, genau die Art und Weise der Abänderung beobachten und daraus weiter schliessen, in welchen Fällen morphologische Übereinstimmung gemeinsamer Abstammung ihren Ursprung verdankt und in welchen nicht.

Die vollständigsten Reihen, die bisher bekannt geworden sind, sind wohl die an den miocänen Süsswassergastropoden Slavoniens aus den Gattungen *Vivipara* und *Melanopsis* beobachteten[2]; hier und in allen ähnlichen Fällen sehen wir, dass

---

[1] Loco citato.

[2] Vergl. Neumayr und Paul, Congerien- und Paludinenschichten in Westslavonien. Abhandlungen der geologischen Reichsanstalt. Bd. VII. Wien, 1875.

durch eine Serie von Ablagerungen hindurch eine Anzahl von
Formen oder Arten auftreten, die durch allmälige Übergänge
mit einander verbunden sind, und von denen jede von der vorhergehenden immer nach derselben Richtung hin abweicht; von
dieser Regel kennen wir bis jetzt nur eine Art von Ausnahme,
nämlich den Rückschlag, die vollständige Umkehrung der Variationsrichtung, wodurch jedoch keine vollständige Rückkehr zur
Stammform, sondern nur eine Annäherung an dieselbe erzielt
wird; innerhalb dieser recurrenten Reihen wird jedoch die rück-
läufige Varietätsrichtung mit derselben Zähigkeit festgehalten.
Diese Fälle sind in einer Weise durch Thatsachen belegt, dass
an deren Wirklichkeit ein Zweifel nicht möglich ist.

An diese erste schliesst sich eine zweite, weit häufigere
Kategorie von Thatsachen an; wir kennen eine bedeutende Anzahl von Formenreihen, welche man intermittirende nennen kann,
bei denen das Verhalten einzelner einander sehr nahe stehender
Formen dasselbe ist, wie wir es bei der ersten Art der Reihen
kennen gelernt haben, indem streng nach einer Varietätsrich
tung die einzelnen Mutationen auf einander folgen; ein Unterschied ist nur in so ferne zu bemerken, als die allmäligen Übergangsglieder zwischen den einzelnen Abänderungen nicht vorhanden sind. Es kann auch hier kaum ein Zweifel an geneti-
schem Zusammenhange existiren, und die Übergangsglieder
zwischen den einzelnen sehr nahe stehenden Formen sind uns
nur durch die Unvollständigkeit der geologischen Überlieferung,
vielleicht nur durch diejenige unserer Sammlungen unbekannt
geblieben, eine an sich sehr wahrscheinliche Annahme, welche
durch die folgenden Betrachtungen zur Gewissheit gemacht wird.
Vielleicht nicht allgemein, aber in allen bisher genau untersuchten Fällen finden wir, dass auch in den vollständigen Reihen
einzelne häufige, relativ constante Formen auftreten, welche
durch seltene Mittelglieder mit einander verbunden sind, zu
deren Auffindung in der Regel riesiges Material erforderlich ist,
und wo diess fehlt, fehlen dann auch die Zwischenformen, d. h.
treten intermittirende Reihen auf. Die Vollständigkeit derselben
steht mit der Anzahl der untersuchten Individuen in geradem
arithmetischem Verhältniss, wenn diese auch nicht der einzige
Faktor ist.

Eine zweite Thatsache, welche für die Richtigkeit unserer, Annahme spricht, besteht darin, dass die vollständigen Formenreihen der Mehrzahl nach aus Süsswasserablagerungen, die intermittirenden aus marinen Bildungen stammen; in kleinen Binnenbecken können wir die Gesammtheit der Entwickelung leicht überblicken, während wir stets nur einen ausserordentlich kleinen Theil eines marinen Faunengebietes vor uns haben, so dass wir in diesem die ganze Continuität der Reihen zu sehen von vorne herein gar nicht erwarten können.

Bei dem Studium aller dieser Fälle, vollständiger wie intermittirender Formenreihen, ist es vor allem ein Punkt, der uns auffällt, das strenge gesetzmässige Festhalten an der Variationsrichtung, dessen allgemeine theoretische Bedeutung hier zu erörtern nicht der Platz ist, und das wir nur so weit berücksichtigen, als es für die systematische Gruppirung der Ammonitiden von Bedeutung ist. Betrachten wir eine Formenreihe, so finden wir, dass nur ein Theil der Merkmale nach bestimmter Richtung abändert, während andere wenigen, unregelmässigen Schwankungen unterworfen sind oder durch lange Zeiträume gleich bleiben. Verfolgen wir z. B. die Formenreihe des *Phylloceras heterophyllum* von der Stammform des oberen Lias bis zu den Vertretern in der mittleren und oberen Kreide, so finden wir, dass die Gestalt, die Sculptur, Zahl und Stellung der Loben, der elliptische Umriss der Sattelblätter sich wenig ändern, dass aber mit strengster Gesetzmässigkeit eine immer stärkere Zerschlitzung der Loben, eine Vermehrung der Sattelblätter eintritt. Welche Charaktere sich in der einen oder in der anderen Weise verhalten, muss in jedem einzelnen Falle empirisch festgestellt werden. Ist dieses Verhalten bekannt, so wird es gestattet sein, selbst morphologisch weit abstehende Typen einer Formenreihe anzuschliessen, wenn die vielleicht ziemlich bedeutende Abweichung ganz oder fast ganz in der Fortsetzung der Variationsrichtung dieser Reihe liegt.

Der Grad von Zähigkeit, mit welcher die eingeschlagene Varietätsrichtung festgehalten und ausgebildet wird, scheint in nächster Beziehung zu der Zeit zu stehen, seit welcher dieselbe eingeschlagen worden ist; ich sage mit Absicht „es scheint", da eine ganz sichere Entscheidung einer so schwierigen Frage mehr Thatsachen erfordert, als mir bis jetzt zu Gebote stehen. Fängt ein Merkmal in einer Formengruppe abzuändern an, so finden wir in dessen Variationen anfangs noch etwas schwankendes und unbestimmtes, es finden noch Rückbildungen häufig statt, und durch längere Zeit können sich Formen erhalten, welche die neue Abänderung nicht oder nur wenig ausbilden, während andere allmälig beginnen sich in der neuen Variationsrichtung stetig fortzubewegen; Vertreter der ersteren Kategorie bilden demnach oft durch ansehnliche Schichtencomplexe hindurch Zwischenformen zwischen auseinandergehenden Reihen, wie diess z. B. bei der Abzweigung von *Arietites* aus *Aegoceras*, von *Hoplites* aus *Perisphinctes*, bei der Differenzirung der beiden Hauptreihen von *Hoplites*, nämlich der *Dentati* und *Rotomagenses* und in manchen anderen Fällen sich zeigt. Immerhin erhalten sich derartige Zwischenglieder viel kürzer als die divergirenden, mit sich fortbildender Varietätsrichtung ausgestatteten Reihen, eine Erscheinung, die gut im Einklang steht mit dem von D a r w i n so sehr betonten Princip der Divergenz der Charaktere und auf welche wir die von ihm gegebenen Erklärungen anwenden können.

Weit schwieriger ist es, sich eine Vorstellung von den Ursachen der zähen Festhaltung der Variationsrichtung zu machen, und es kann hier nicht meine Aufgabe sein, eine so schwierige und wichtige Frage nebenbei abzuhandeln; ich beschränke mich daher darauf kurz zu erwähnen, dass stratigraphisch-paläontologische Detailuntersuchungen der directen Einwirkung äusserer Verhältnisse eine viel grössere Thätigkeit in der Formveränderung zuweisen, als dies von D a r w i n angenommen wurde, und wir daher der fortgesetzten Einwirkung gleicher äusserer Verhältnisse in manchen Fällen die Gleichheit der Variationsrichtung zuschreiben können; sicher aber reicht diese Erklärung nur in der Minderzahl der Fälle aus, und ist namentlich bei den atavistischen Reihen ganz ungenügend; vielleicht wird eine durch Züchtungsversuche bekannt gewordene Kategorie von Thatsachen mit den hier besprochenen Erscheinungen in Zusammenhang gebracht werden können, dass nämlich oft von zwei nach einer Richtung extrem ausgebildeten Ältern Junge erzeugt werden, welche die stark ausgeprägte Abänderung nicht nur in gleichem, sondern noch in verstärktem Masse zeigen[1].

Ein anderes Mittel, welches für die Erkennung der genetischen Beziehungen von grösster Bedeutung ist, bildet die Untersuchung der individuellen Entwickelung der Ammoneenschalen, die wir an den inneren Windungen derselben erkennen. Es wäre überflüssig auf die Bedeutung der Embryologie für die Stammesgeschichte hinzuweisen; speciell für die Ammoneen hat zuerst Württemberger[2] gezeigt, dass Veränderungen zunächst an den letzten Windungen sich zeigen und erst im Verlaufe der Generationen sich weiter und weiter nach rückwärts an der Schale verbreiten, so dass ausserordentliche Zeiträume erforderlich sind, bis auch die Jugendzustände von derselben ergriffen werden; in Folge dessen kann man aus der Gestalt der inneren Windungen die Stammform erkennen. Es ist dies allerdings nicht in allgemeiner Ausdehnung gültig, indem vielfach die Veränderungen nicht am letzten Umgang zuerst auftreten, wie ich das in einer Reihe von Fällen nachgewiesen habe, ja bisweilen scheinen die Abänderungen vorwiegend die innersten Theile der Schale betroffen zu haben, wie bei *Cosmoceras verrucosum* Orb., es tritt hier nach Fritz Müller's Ausdruck eine Fälschung der Entwickelungsgeschichte ein[3]. Kommen aber auch viele Ausnahmen vor, so ist doch bei der grossen Mehrzahl der Formen der Gang so, wie er oben geschildert wurde, und in einer Reihe schwieriger Fälle werden uns die inneren Windungen mit voller Sicherheit leiten.

Durch die Verfolgung der Formenreihen und der inneren Windungen können wir auch erst die Bedeutung einzelner Merkmale erkennen, welche uns unverständlich bleiben, so lange wir nicht ihre Entstehung, die Elemente, aus denen sie sich gebildet haben, kennen; scheinbar ganz gleiche Theile bei verschiedenen Formen können durch gleichmässige Abänderung ganz heterogener Dinge entstanden sein und sind dann trotz der äusseren

---

[1] Darwin, das Variiren der Thiere und Pflanzen im Zustand der Domestication. Deutsch von Carus. 1868. Bd. II. pag. 29, 320.

[2] „Ausland" 1873.

[3] Für Darwin. Leipzig, 1864. pag. 77.

Ähnlichkeit vollständig ungleichwerthig; so stimmen die über die Externseite weglaufenden Rippen von *Schloenbachia varicosa* Orb. nahe mit denjenigen mancher *Hopliten* überein, sie sind aber in dem einen Falle durch Überwucherung eines hervorragenden Kieles, im anderen Falle durch Überdeckung einer Externfurche entstanden. Manche atavistische *Amaltheen* (vgl. unten) stimmen in der Lobenzahl mit viellobigen *Hopliten* überein, trotzdem aber sind in dem einen Falle die zwei normalen Lateralloben durch Verflachung in mehrere selbstständige Loben zerfallen, an welche sich eine geringere Zahl von Auxiliaren anschliesst, während im anderen Falle an die zwei normalen Laterale sich eine grössere Anzahl von Auxiliaren ansetzt. Ein wesentlicher Unterschied zwischen *Lytoceras* und *Perisphinctes* besteht darin, dass bei ersteren der Antisiphonallobus zweispitzig, bei letzterem einspitzig ist; auch bei den evolut werdenden Lytoceras und Perisphinctes, bei *Hamites* und *Crioceras* bleibt sich die Sache anfangs gleich; bei gewissen Hamiten, deren Spirale aus einer Ebene heraustritt, ist der Antisiphonal noch zweispitzig *(Anisoceras alternatum, Saussureanum, pseudoelegans)*, allmälig aber wird Hand in Hand mit der Verzerrung der Spirale auch die eine Spitze des Antisiphonal stärker vorgezogen (z. B. bei *Anisoceras armatum*) und ragt über die andere Spitze hervor, so dass der einspitzige Antisiphonallobus hier von zwei Formengruppen auf ganz verschiedenem Wege erreicht wird.

Die Zahl der Beispiele, in welchen uns die Bekanntschaft mit Abstammung und Entstehung den Werth der Charaktere kennen lehrt und die blosse Betrachtung des fertigen Gebildes irreführen würde, liesse sich leicht bedeutend vermehren, ebenso wie es nicht schwierig wäre, aus der Systematik Fälle zu citiren, in welchen die Vernachlässigung dieser Beziehungen zu naturwidrigen Zusammenstellungen heterogener Elemente geführt hat; nur die oft schwierige Verfolgung derselben ermöglicht den Erfolg einer Classification.

Es scheint nun ziemlich einfach nach den hier besprochenen Grundsätzen eine Classification der Ammoneen auf genetischer Basis durchzuführen, und es wäre nur das eine noch fraglich, ob das vorhandene Material für einen solchen Versuch ausreicht.

Es zeigt sich jedoch bei der praktischen Durchführung eine Schwierigkeit, für deren Würdigung und Überblickung ich erst in neuerer Zeit eine grössere Reihe von Thatsachen erhalten habe. Diese Schwierigkeit besteht in dem ausserordentlichen Parallelismus verschiedener Formenreihen und in der gleichartigen Abänderung, welchen verschiedene, theils nahe verwandte, theil weiter von einander entfernte Organismen unterworfen sind. Für den letzteren Fall der übereinstimmenden Variation ziemlich heterogener Formen sind schon manche Fälle bekannt geworden, und dieselben sind für unseren Zweck von geringerer Bedeutung, wesshalb ich nur einige derselben kurz erwähnen will; so finden wir einander ganz parallele Abtheilungen unter den Placental- und unter den Beutelthieren; für die Ungulaten hat K o w a l e w s k y [1] sehr klar gezeigt, dass verschiedene Reihen derselben in derselben oder einander sehr ähnlichen Weise den Bau ihrer Zehen modificiren und reduciren; die Ausbildung pneumatischer Knochen findet sich übereinstimmend bei Vögeln und bei Flugsauriern; unter den Fischen schreitet die Verknöcherung der Wirbelsäule bei verschiedenen Gruppen der Ganoiden in derselben Weise vor, und es liessen sich noch zahlreiche derartige Fälle aus den verschiedensten Gebieten anführen [2]. Auch bei den Ammoneen lassen sich solche Beispiele citiren; das bekannteste derselben ist die fortschreitende Complication der Lobenlinie bei allen Reihen derselben mit Ausnahme von H a u e r's Clydoniten in der paläozoischen und im grösseren unteren Theile der mesozoischen Schichtfolge. Ähnliche Verhältnisse haben in Beziehung auf den *Aptychus* statt; es treten eintheilige hornige Anaptychen bei zwei ganz verschiedenen Gruppen von Ammoniten, bei *Aegoceras* und bei *Amaltheus* auf; von der Gattung *Aegoceras* zweigen sich an zwei differenten Stellen grosse Seitenäste, *Stephanoceras* und *Harpoceras* ab, welche durch sehr dünne, zweitheilige Aptychen charakterisirt

---

[1] Palaeontographica. Bd. 22, 1873. Über Anthracotherium.

[2] Aus diesen Verhältnissen geht hervor, dass das Auftreten einer Chorda dorsalis bei Tunicatenlarven keinen ganz strengen Beweis für deren genetische Verwandtschaft mit *Amphioxus* und den Vertebraten liefert; es liegt hier eine Fehlerquelle für die Ableitung von Folgerungen für die Stammesgeschichte aus der Embryologie, die noch nicht ganz berücksichtigt wird.

sind, und diese wandeln sich in jedem der beiden Gebiete bei einem Theile der Angehörigen in dicke, schwere Kalkschilder um *(Oppelia* und *Aspidoceras)*. Das Auftreten evoluter, frei aufgerollter Formen findet bei den allerverschiedensten Gruppen der Ammoneen statt, so bei *Trachyceras* in der oberen Trias *(Choristoceras)* [1], bei *Stephanoceras* im mittleren Jura *(Ancyloceras annulatum* u. s. w.), bei *Lytoceras, Olcostephanus* und *Hoplites* in der Kreide (vgl. unten).

Alle diese ebenerwähnten Fälle bieten jedoch bei unserer Classification keine nennenswerthen Schwierigkeiten, da schon die der gleichartigen Veränderung unterliegenden Stammformen weit von einander verschieden sind, und nur Parallelismus nicht Convergenz der Reihen stattfindet. Von ungleich grösserer Bedeutung für unseren Zweck ist eine zweite, von der ersten in der Natur selbstverständlich nicht streng gesonderte Kategorie von sehr häufig auftretenden Erscheinungen, dass einige nächst verwandte Formen vollständig oder nahezu gleichzeitig dieselben Veränderungen erleiden und parallelen einander überaus nahestehenden Formenreihen Ursprung geben. Einen interessanten Fall dieser Art konnten Paul und ich vor kurzem aus den slavonischen Paludinenschichten mittheilen [2], in welchen drei sehr nahe mit einander verwandte Arten von *Vivipara* gleichzeitig erst stumpfe, dann scharfe Kiele auf den Umgängen und endlich Knoten auf den Kielen erhalten; diese drei Reihen sind so nahe mit einander verwandt, dass die einander entsprechenden Glieder derselben bisweilen nur nach der Form der Embryonalwindungen mit Sicherherheit zu unterscheiden sind. Die Endglieder dieser Reihe stehen einer jetzt lebenden nordamerikanischen Schnecke ausserordentlich nahe, für welche eine eigene Gattung, *Tulotoma*, gegründet worden ist, in welche die slavonischen Tertiärformen eingereiht werden müssten, so dass also diese Gattung mindestens einen triphyletischen Ursprung hat. Ganz ähnliche Erscheinungen treten sehr vielfach auf; es war mir in dieser Beziehung von grossem Interesse, dass mein Freund Herr Th. Fuchs, wie er mir mittheilte, durch das Studium ganz

---

[1] Nach freundlicher Mittheilung von Bergrath v. Mojsisovics.
[2] Congerien- und Paludinenschichten in Westslavonien.

anderer Formenkreise, als die ich vorwiegend untersucht habe,
zu derselben Anschauung gekommen ist. Auch unter den Ammoneen finden sich häufig derartige Fälle, und ich will hier nur auf
den prägnantesten unter ihnen aufmerksam machen, nämlich auf
das Auftreten einer Siphonalfurche bei einer sehr grossen Anzahl
von Perisphincten des oberen Jura [1].

Die Annahme, dass gleiche äussere Verhältnisse gleiche
morphologische Veränderungen hervorgebracht haben, genügt
hier ebensowenig zur Erklärung, als diejenige einer übereinstimmenden Anpassung, und dasselbe gilt von allen anderen Versuchen in dieser Beziehung; es ist hier übrigens nicht der Platz,
diese Frage zu discutiren. Was uns am meisten interessirt, ist,
dass bei diesen Verhältnissen der monophyletische Ursprung der
Gattungen als einfache Grundlage des natürlichen Systems nicht
festgehalten werden kann; wir finden in vielen Fällen als die
Träger einer neuen Variationsrichtung, welche zur Abtrennung
einer neuen Gattung veranlasst, ein Büschel nächstverwandter
Formen, die gleichzeitig nach derselben Richtung abändern,
ohne dass es zweckmässig oder auch nur möglich erschiene, dieselben generisch von einander zu trennen.

Das Vorhandensein polyphyletisch entstandener Gattungen
oder deren Möglichkeit ist bis jetzt noch wenig berücksichtigt
worden, und meines Wissens ist es nur Askenasy, welcher
eingehend sich damit befasst und auf deductivem Wege deren
Existenz wahrscheinlich gemacht hat [2]; seine Anschauungen
finden in den von der Paläontologie beigebrachten Thatsachen
eine glänzende Bestätigung.

Eine Schwierigkeit für die wirkliche Ausführung der Classification ergibt sich aus den besprochenen Verhältnissen nur in
einer Richtung; bei dem vollständigen Verschwimmen und Übergehen der Gattungen in einander ist die Ziehung einer Gränze
zwischen denselben immer willkührlich, da beim ersten noch sehr
schwachen Auftreten neuer Merkmale stets einzelne Formen vor-

---

[1] Vgl. Neumayr, die Fauna der Schichten mit *Aspidoceras acanthicum.* pag. 174.

[2] Askenasy, Beiträge zur Kritik der Darwin'schen Lehre. Leipzig 1872.

handen sind, die man ebensogut auf die eine wie auf die andere
Seite stellen kann, und diese zweifelhaften Arten werden durch
das Vorhandensein mehrerer paralleler Formenreihen beträcht-
lich vermehrt. Als ein Beispiel führe ich die Abzweigung der
Gattung *Hoplites* von *Periphinctes* an; hier zeigen sich die
Merkmale der neuen Gattung allmälig bei *Per. subinvolutus,
Eudoxus, pseudo-mutabilis* und *abscissus*, und ich musste hier
eine willkürliche Gränze ziehen, und zwar in der Weise, dass ich
die erste unter den genannten Arten zu *Perisphinctes*, die anderen
zu *Hoplites* stellte; nun erscheint aber das wesentlichste unter
den neuen Merkmalen, die Siphonalfurche der *Hopliten* ausserdem noch bei einer Reihe anderer Vorkommnisse, wie *Per. tran-
sitorius, senex, Callisto, Privasensis, eudichotomus, carpaticus*,
und es ist dadurch die Absonderung bedeutend erschwert; in
derselben Weise gestaltet sich auch die systematische Stellung
der Formenreihe des *Per. microcantus — radiatus* zu den *Hopliten* zweifelhaft.

Die generische Zusammenfassung zweier oder mehrerer
einander sehr nahe stehender Formenreihen kann kaum Beden-
ken erregen, und ich habe z. B. dieses Verfahren bei der Gattung
Hoplites angewendet, da es mir unzweckmässig erschien, die
zwei sehr verwandten Formengruppen des *Hopl. Rotomagensis*
und *interruptus* zu trennen.

Eine sehr interessante Frage schliesst sich hier an, nämlich
die, ob unter den geschilderten Verhältnissen die Einheit der
geographischen Gattungscentra wird festgehalten werden können;
es liegen für die Entscheidung derselben noch nicht genügende
Daten vor, doch sind mir in neuester Zeit einige Thatsachen über
die Verbreitung beginnender Gattungstypen in den jungtertiären
Süsswasserablagerungen von Südfrankreich, Slavonien, Sieben-
bürgen und Kleinasien bekannt geworden, welche wenig für
eine solche Einheit zu sprechen scheinen. Ich werde bei einer
anderen Gelegenheit auf diesen Punkt zurückkommen.

Nach dem bisher Gesagten bildet die Grundlage der Eintheilung die Formenreihe, deren genetischer Zusammenhang
entweder direkt oder durch eine der angegebenen indirekten
Methoden nachgewiesen ist, oder wenigstens einen hohen Grad
wissenschaftlicher Wahrscheinlichkeit erlangt hat; zu einer

Gattung fassen wir eine einzelne oder mehrere mit paralleler, oder wenig divergenter Variationsrichtung ausgestattete, aus einander nächststehenden Stammtypen hervorgehende Formenreihen zusammen. Tritt innerhalb einer Formenreihe eine starke Divergenz ein, so wird eine generische Spaltung in der Weise vorgenommen werden müssen, dass die mit neuer, von der bisherigen abweichenden Varietätsrichtung ausgestatteten Theile als neue Gattung abgetrennt werden; die Gränze, bis zu einem gewissen Grade willkürlich, wird am besten da gezogen werden, wo die neue Varietätsrichtung zuerst deutlich, wenn auch noch schwach, ausgesprochen auftritt. Dagegen wird es stets zu vermeiden sein, generische Abtheilungen auf graduelle Abstufungen innerhalb der sich gleich bleibenden Variationsrichtung zu gründen oder nach in dieser Richtung gelegenen Charakteren von einander abzuscheiden; ein Grundsatz, der namentlich für die evoluten Ammoneen von Wichtigkeit sein wird.

Es wird vielleicht als ein Mangel des hier vorliegenden systematischen Versuches bezeichnet werden, dass die meisten Gattungen in einander übergehen, und dass in sehr vielen Fällen eine scharfe Diagnose nicht gegeben werden konnte; der erstere Mangel ist lediglich die Folge des grossen Formenreichthums und des grossen vorhandenen Materials, und wird sich überall wiederfinden, wo ein ausgedehntes Formengebiet einigermassen vollständig bekannt wird; scharfe Gattungen sind lediglich durch bedeutende Lücken begränzte, abgerissene Stücke von Formenreihen. Das Fehlen scharfer Diagnosen ist wesentlich eine Folge des Erhaltungszustandes der Ammoneen, durch welchen die Theile meist verloren gegangen sind, welche hiefür als die besten Anhaltspunkte hergenommen werden könnten. Übrigens wird man sich in der Paläontologie mehr und mehr daran gewöhnen müssen, die präcisen Diagnosen der Gattungen durch deren Entwickelungsgeschichte ersetzt zu sehen.

Ich habe in ziemlicher Ausführlichkeit die Principien dargelegt, welche in der vorliegenden Arbeit befolgt sind und nach meiner Ansicht in analogen Fällen massgebend sein müssen. Die Spaltung der Gattung *Ammonites* in viele kleinere generische Abschnitte ist an sich noch kein grosser Fortschritt, wenn auch die Gleichartigkeit der Behandlung verschiedener Abtheilungen des Thierreiches dieselbe fordert, da in der ganzen Zoologie kein zweites Riesengebiet von demselben Umfange in einer Gattung zusammengefasst ist. Einen wirklichen Fortschritt wird diese Eintheilung nur dann darstellen, wenn damit eine bessere Kenntniss der Verwandtschaftsverhältnisse erzielt und zum Ausdruck gebracht wird, als sie in der bisherigen Gliederung in Familien gegeben war; dass diess durch die von Suess angebahnte Classification der Ammoneen geschieht, ist meine Überzeugung, und ich habe daher hier meinen Beitrag zu derselben leisten zu sollen geglaubt, umsomehr, als deren allgemeine Annahme erst dann möglich ist, wenn sie gleichmässig auf das ganze Formengebiet der Ammoneen ausgedehnt ist.

Es ist noch ein anderer, nach meiner Ansicht wichtigerer Gesichtspunkt, welcher mich zu dieser mühevollen Arbeit getrieben hat; die naturgemäss anfangs nur auf einzelne Gebiete und Reihen von Thatsachen gestützte Descendenztheorie wird, wie diess namentlich Fritz Müller in seiner ausgezeichneten Schrift „für Darwin" auseinandersetzt, am besten durch eine möglichst ins Einzelne gehende Anwendung auf bestimmte Erscheinungsgruppen geprüft, und es gibt vielleicht keine schärfere Probe in dieser Beziehung, als die Anwendung auf die historische Entwickelung einer ausgedehnten Abtheilung des Thier- oder Pflanzenreiches in früheren Perioden. Wenn wir hier sehen, dass die ganze Entwickelung und Ausbreitung einer solchen grossen Gruppe, in unserem Falle der Ammoneen bis auf wenige, nicht widersprechende, sondern nur aus Mangel an Material noch unerklärliche Punkte mit den Voraussetzungen der Descendenztheorie übereinstimmt, so erhalten wir den schwerwiegendsten Beweis für deren Richtigkeit, wenn es eines solchen überhaupt noch bedarf.

Die genetische Methode der Classification macht es nothwendig, auf die Stammesentwickelung der Ammoneen in früheren Perioden, der Grundformen der Kreideammoneen zu werfen. Beim Auftreten der Ammoniten in der Trias erscheinen vier Hauptgruppen, über deren Beziehungen in paläozoischer Zeit wir noch wenig wissen und als deren Typen wir die vier Gattungen *Arcestes, Aegoceras, Lytoceras* und *Trachyceras* nennen können.

Was zunächst die *Arcestiden* betrifft, so treten sie uns sofort in vier wohlgeschiedenen Gattungen entgegen, die wir alle schon aus paläozoischen Ablagerungen kennen, nämlich *Arcestes, Lobites, Pinacoceras* und *Sageceras*[1]; können wir auch die Abstammung derselben von gemeinsamer Wurzel nicht sicher nachweisen, so wird dieselbe doch durch das gemeinsame Auftreten einer Runzelschicht, die allen anderen Ammoniten fehlt, und bedeutende Analogien im Lobenbau in hohem Grade wahrscheinlich gemacht. *Pinacoceras, Lobites* und *Sageceras* sterben in der Trias aus, *Arcestes* reicht nur in den Lias; dagegen erhält sich bis in die obersten Kreideschichten hinauf ein Stamm, der sich von der Gruppe des *Arcestes Studeri* im Muschelkalk ablöst, nämlich der *Amaltheus*, dessen ältester Vertreter, *Am. megalodiscus* nach den Untersuchungen von Herrn v. Suttner in München unmittelbar an *Arc. Studeri* sich anschliesst. Während der Zeit der oberen Trias verschwinden die Amaltheen nach Mojsisovics fast ganz aus Europa[2], kehren aber im unteren Lias dorthin zurück und bilden den Ausgangspunkt für eine Anzahl cretacischer Formen.

Die Lytoceratiden umfassen die Gattungen *Lytoceras* und *Phylloceras*, welche, wie Mojsisovics gezeigt hat, auf die gemeinsame Wurzel der monophyllischen Lytoceraten zurückgehen[3]; beide erhalten sich durch Trias und Jura hindurch als wenig getheilte Stämme, welche hauptsächlich das Mediterrangebiet bewohnen und sich beide in die Kreidezeit fortsetzen, wo *Lytoceras* eine ausgezeichnete Formenmannigfaltigkeit entwickelt.

Der wichtigste Stamm in Jura und Kreide ist jedenfalls derjenige der Aegoceratiden; *Aegoceras* selbst stirbt zwar in seinen typischen Vertretern schon im Lias aus, ebenso wie das davon abgeleitete Genus *Arietites*, dafür gehört die Mehrzahl der jurassischen und cretacischen Ammoneen zu Gattungen, die von

---

[1] Vergl. E. v. Mojsisovics, das Gebirge von Hallstadt.

[2] Faunengebiete und Faciesgebilde der Triasperiode in den Ostalpen. Jahrb. der geolog. Reichsanst. 1874.

[3] Das Gebirge von Hallstadt.

Aegoceras abstammen und von welchen *Harpoceras, Oppelia* und *Haploceras* einen, *Stephanoceras, Simoceras, Cosmoceras, Perisphinctes, Aspidoceras* und *Peltoceras* einen zweiten Hauptzweig bilden. Von diesen letztgenannten Gruppen sterben vor Beginn der Kreidezeit *Harpoceras, Oppelia, Stephanoceras, Simoceras* und *Peltoceras* ganz aus, *Cosmoceras* und *Aspidoceras* setzen sich in wenigen Vertretern ins Neocom fort, während *Perisphinctes* und *Haploceras* sich mächtig entwickeln.

Die Trachyceraten sterben vor Schluss der Trias aus und kommen für uns daher nicht weiter in Betracht; dasselbe gilt für einige triadische Gattungen, über deren Verwandtschaftsbeziehungen ich mir kein Urtheil erlaube, wie *Cochloceras* und *Rhabdoceras*.

In kurzen Zügen habe ich das, was über die Entwickelung der Ammoneen in Trias und Jura bisher bekannt ist, zusammengestellt, um zu zeigen, welches Material uns zu Gebote steht, um daraus die Ammoneenfauna der Kreidezeit herzuleiten. Wir werden sehen, dass die Herstellung genetischer Beziehungen nicht in allen Fällen gelungen ist; zunächst war mir das nicht möglich bei den vielen Formen, die nur aus ungenügenden Abbildungen oder Diagnosen bekannt sind; ferner bei einigen Formen, welche so isolirt dastehen, dass ich trotz Untersuchung von guten Exemplaren oder trotz guter Zeichnungen keine Vorstellungen über deren Beziehungen habe; ich nenne hier namentlich drei Arten, nämlich *Ammonites scaphitoides* Schlüt., *Mosensis* Orb. und *Goupilianus* Orb.; endlich kann ich die ganze Gattung *Schloenbachia* (Gruppe der Cristati) nicht mit voller Sicherheit, sondern nur mit grosser Wahrscheinlichkeit an eine jurassische Formenreihe anfügen.

Ehe ich auf die Einzeldarstellung der Gruppirung der Kreideammoneen eingehe, möchte ich noch einige Worte über deren zoogeographische Beziehungen vorausschicken, wobei ich mich natürlich auf das uns allein etwas näher bekannte europäische Gebiet beschränke. In der Zeit, in welche wir den Abschnitt zwischen Jura und Kreide verlegen, fanden bedeutende Niveauveränderungen in Europa statt; von den drei grossen Meeresprovinzen, welche wir für die damalige Zeit in Europa unterscheiden, wurde die mitteleuropäische theils trocken gelegt,

theils in eine Reihe von Seen mit süssem oder schwach braki-
schem Wasser verwandelt, nur die mediterrane und die boreale
Provinz blieben offenes Meer, und in ihnen entwickelte sich die
pelagische Fauna weiter.

Während Mitteleuropa trocken lag, bildeten sich im Medi-
terrangebiete die Schichten von Stramberg als oberste Zone des
Jura und die Schichten von Berrias und diejenigen mit *Belemnites latus* als tiefste Glieder der Kreide, welche dem mittel-
europäischen Becken in mariner Ausbildung fehlen. In diesen
Ablagerungen entwickelte sich nun ein Theil der cretacischen
Fauna, und zwar einige ächte *Perisphinctes*, ferner *Phylloceras*,
Lytoceras, *Haploceras*, *Hoplites*, *Crioceras*, *Hamites* und die
wenigen Überreste von *Aspidoceras* und *Cosmoceras*. Dazu
kommt noch die Gruppe des *Olcostephanus Astierianus*, die im
Horizonte von Stramberg zuerst auftritt und sich dann weiter
entwickelt; es ist aber dies keine autochtone Form, sondern
ein Einwanderer, dessen Verwandte und Vorläufer wir nur aus
dem indischen Jura kennen.

Als im weiteren Verlaufe des Neocom-Zeitalters Mitteleuropa
theilweise wieder Meer ward, wanderten die mediterranen Typen
dort ein, soweit die nördlichere Lage ihr Fortkommen erlaubte,
sie mischten sich hier mit einem ganz fremden Element, mit von
Norden her einwandernden borealen Formen, den *Amaltheen*
und *Olcostephanus* aus der Gruppe des *Olc. bidichotomus*[1],
welche den älteren mediterranen Neocomablagerungen noch
fremd sind, aber von dieser Zeit an auch weiter nach Süden
wanderten. Vermuthlich kam auch *Schloenbachia* aus der
borealen Provinz, da sie in ihrem Vorkommen sich ganz an diese
letzten anschliesst, wenn wir auch deren Vorläufer noch nicht
mit Bestimmtheit kennen.

Nach der eben besprochenen Eintheilung der Ammoneen in
vier Familien würden sich die Gattungen derselben nach dem
heutigen Stande folgendermassen gruppiren:

I. Arcestiden.

    1. *Arcestes* Suess.
    2. *Amaltheus* Montf.

---

[1] Ebendaher stammt auch die Gruppe des *Belemnites subquadratus.*

3. *Schloenbachia* Neum.
4. *Lobites.*
5. *Pinacoceras* Mojs.
6. *Sageceras* Mojs.

II. Lytoceratiden.

7. *Lytoceras* Suess.
8. *Hamites* Park.
9. *Turrilites* Lam.
10. *Baculites* Lam.
11. *Phylloceras* Laube.

III. Trachyceratiden.

12. *Trachyceras* Laube.
13. *Choristoceras* Hauer.
14. *Cochloceras* Hauer.
15. *Rhabdoceras* Hauer.

IV. Aegoceratiden.

16. *Aegoceras* Waagen.
17. *Arietites* Waag.
18. *Harpoceras* Waagen.
19. *Oppelia* Waagen.
20. *Haploceras* Zitt.
21. *Stephanoceras* Waag.
22. *Cosmoceras* Waag.
23. *Ancyloceras* [1].
24. *Simoceras* Zitt.
25. *Perisphinctes* Waag.
26. *Olcostephanus* Neum.
27. *Scaphites* Park.
28. *Hoplites* Neum.
29. *Stoliczkaia* Neum.

---

[1] *Ancyloceras annulatum* und *Calloviense* aus dem Jura.

30. *Crioceras* Lev.
31. *Heteroceras* Orb.
32. *Peltoceras* Waag.
33. *Aspidoceras* Zitt.

Einen eingehenden Vergleich dieser Eintheilung mit früheren und eine Discussion dieser letzteren halte ich für überflüssig; es ist natürlich, dass vollständig andere Grundsätze der Gruppirung an dieser vieles umgestalten müssen; manche bisher auf ein bedeutungsloses Merkmal hin getrennte Abtheilungen sind vereinigt, aus vielen einzelne durchaus heterogene Elemente ausgeschieden worden. Vor allem mussten die Ligati einer vollständigen Revision unterworfen werden, da sie ausser der Mehrzahl der *Haploceras* noch einen wahren Rattenkönig der verschiedensten Formen (*Perisphinctes, Olcostephanus, Hoplites, Lytoceras, Aspidoceras*) enthielten.

B. Specieller Theil.

I. Arcestiden.

Ich stelle hierher die beiden Gattungen *Amaltheus* und *Schloenbachia*, bezüglich deren ich mich hier sehr kurz halte, da ich die Entwickelung der *Amaltheen*, welche etwas eingehenderer Belege bedarf, in kürzester Zeit zum Gegenstand einer eigenen Arbeit machen werde.

Amaltheus Montfort.

Schon bei den jurassischen Amaltheen, wie sie durch die Arbeiten von Waagen als Gattung aufgestellt sind, zeigt sich vielfach die Varietätsrichtung in der Weise, dass die Stämme der grossen Loben sehr niedrig und breit werden, so dass die Äste derselben und die Secundärloben bei manchen einen bedeutenden Grad von Selbstständigkeit erreichen; diese Formen werden durch *Amaltheus catenulatus* Orb. aus dem russischen Jura mit Formen des Neocom, zunächst mit *Am. Gevrillianus* Orb. und *Marcousanus* Pict. verbunden; von da aus schreitet diese Art der Abänderung so weit fort, dass die einzelnen Äste des ersten Laterals und die Secundärloben zwischen diesem und

dem Siphonallobus sich zu selbstständigen Loben entwickeln, so
dass die normale Folge von Siphonal, erstem und zweitem Lateral
aufhört und statt dessen eine grössere Anzahl annähernd gleicher
Loben auf den Siphonal folgen, oder an diesen sich zunächst
kleinere äussere Adventivloben anreihen. Gleichzeitig mit diesen
Veränderungen der Lobenlinie geht oft eine starke Reduction derselben vor sich, so dass sie Ceratidencharakter annimmt; in der
That gehören die meisten „Kreideceratiden" hieher. Bezüglich
aller Einzelheiten verweise ich auf meine demnächst erscheinende
Arbeit über *Amaltheen.*

Zu *Amaltheus* gehören:

Am. Balduri Keys.	*Am. pedernalis* Buch.
„ *bidorsatus* Röm.	„ *placenta* Dekay.
„ *complanatus* Mant.	„ *polyopis* Duj.
„ *Ewaldi* Buch.	„ *Requienianus* Orb.
„ *Gevrillianus* Orb.	„ *Robini* Thioll.
„ *Guadeloupae* Röm.	„ *subobtectus* Stol.
„ *Largilleretianus* Orb.	„ *Sugata* Stol.
„ *Marcousanus* Pict.	„ *syriacus* Buch.
„ *obesus* Stol.	„ *syrtalis* Morton.
„ *obtectus* Sharpe.	„ *Vibrayeanus* Orb.
„ *Orbignyanus* Gein.	

Schloenbachia nov. gen.

Diese Gattung, welche ich dem Andenken an meinen unver-
gesslichen, der Wissenschaft zu früh durch den Tod entrissenen
Freund U. Schloenbach widme, umfasst die sehr natürliche
Gruppe der *Cristati;* dieser füge ich noch *Schl. Germari* Reuss
an, welche bei sonst sehr grosser Übereinstimmung mit den *Cri-
staten* durch einen gezähnelten Kiel ausgezeichnet ist.

Wie schon erwähnt, ist *Schloenbachia* die einzige Gattung
von Kreideammoneen, welche uns einigermassen unvermittelt
entgegentritt; wenn ich dieselbe an *Amaltheus* anreihe, es geschieht dies in Folge sehr starker Wahrscheinlichkeitsgründe,
nicht aber mit dem Grade von Gewissheit, welchen wir aus dem
Vorhandensein allmäliger Übergangsglieder schöpfen. *Schloenbachia* stimmt mit den jurassischen Amaltheen in einer Reihe von

der Varietätsrichtung wenig abhängiger Merkmale überein, namentlich in der Länge der Wohnkammer, und in dem in einen langen Schnabel ausgezogenen Externtheil der Mündung; auch der Typus der Lobenzeichnung ist bei *Am. Devillianus* Lor. schon gegeben; vielleicht lässt sich auch in dem gekerbten Kiele von *Schl. Germari* ein Rückschlag auf den alten Typus erkennen. Dagegen tritt uns die Form des Kieles der übrigen Schloenbachien und der Verlauf der Rippen als etwas neues entgegen.

Die Charaktere von *Schloenbachia* lassen sich folgendermassen zusammenfassen: Kräftig gekieltes Gehäuse mit meist kräftigen nach vorwärts gebogenen Rippen auf den Flanken; Wohnkammer $^2/_3$ Umgang lang, an der sichelförmigen Mündung in einen langen Externschnabel ausgezogen, der entweder in der Spirale normal fortläuft oder nach aussen gekrümmt ist. Sipho sehr stark, meist im Kiel gelegen, der bei manchen Formen vom Lumen der Schale durch eine Kalkscheidewand getrennt ist. Loben wenig verästelt, mit Körpern, die schmäler sind als die der Sättel; nur ein deutlicher Auxilarlobus, der bei einzelnen Formen auch fehlt. Siphonallobus meist so lang oder länger als der erste Lateral. Bei einzelnen Arten tritt eine so starke Reduction der Lobenverzweigung ein, dass sie sich dem Ceratitenhabitus nähern *(Schl. Senequieri* und *haplophylla)*.

Schloenb. Aberlei Redtb.	*Schloenb. falcatocarinata* Rdtb.
„ *Aonis* Orb.	„ *Fleuriausiana* Orb.
„ *bajuvarica* Redtb.	„ *Germari* Reuss.
„ *Balmatiana* Pict.	„ *Goodhalli* Sow.
„ *Bouchardiana* Orb.	„ *Gosauica* Hauer.
„ *Blanfordiana* Stol.	„ *Haberfellneri* Hauer.
„ *Bravaisiana* Orb.	„ *haplophylla* Redtb.
„ *Candolliana* Pict.	„ *Helius* Orb.
„ *cornuta* Pict.	„ *Hugardiana* Orb.
„ *corrupta* Stol.	„ *inflata* Sow.
„ *Coupei* Brongn.	„ *Jaccardiana* Pict.
„ *Czörnigi* Redtb.	„ *Margae* Schlüt.
„ *cristata* Deluc.	„ *Mirapeliana.*
„ *cultrata* Orb.	„ *Ootatooriensis* Stol.
„ *Delaruei* Orb.	„ *Päon* Redt.

<table>
<tr><td>Schloenb. propinqua Stol.</td><td>Schloenb. serrato-marginata</td></tr>
<tr><td>„ Propoëtidum Redtb.</td><td>Redtb.</td></tr>
<tr><td>„ quinquenodosa Rdb.</td><td>„ subtricarinata Orb.</td></tr>
<tr><td>„ Renevieri Sharp.</td><td>„ Sueuri Pict.</td></tr>
<tr><td>„ Rouxiana Pict.</td><td>„ symmetrica Fitton.</td></tr>
<tr><td>„ Royssiana Orb.</td><td>„ Texana Röm.</td></tr>
<tr><td>„ Senequieri Orb.</td><td>„ tridorsata Schlüt.</td></tr>
<tr><td>„ serrato-carinata Stol.</td><td>„ varians Sow.</td></tr>
<tr><td></td><td>„ raricosa Sow.</td></tr>
</table>

II. Lytoceratiden.

Zu dieser Familie rechnen wir die an die gemeinsame Wurzel der monophyllischen Lytoceraten sich anknüpfenden Gattungen *Lytoceras* und *Phylloceras* und die an erstere sich anschliessenden evoluten oder aus einer Ebene heraustretenden Formen *Baculites*, *Hamites* und *Turrilites;* sie sind charakterisirt durch kurze Wohnkammer ($^2/_3$ Umgang) und einfachen Mundrand; in allen übrigen Merkmalen tritt eine so starke Differenzirung ein, dass es kaum möglich ist, eines derselben als gemeinsam hervorzuheben, so vollständig auch der Zusammenhang in genetischer Beziehung ist. Selbst die Einfachheit des Mundrandes zeigt sich bei den Baculiten nicht constant.

Es ist in der Literatur kein Fall des Auftretens von *Aptychus* bei einer hieher gehörigen Form constatirt; liegt auch kein stricter Beweis für das Fehlen desselben in dieser negativen Beobachtung, so ist dies doch in hohem Grade wahrscheinlich, wenigstens für die geologisch älteren Formen. In neuester Zeit ist mir durch eine mündliche Mittheilung, die zu publiciren ich mich nicht berechtigt finde, bekannt geworden, dass bei einer der geologisch jüngeren Formen, die wir hierher rechnen, ein *Aptychus* gefunden worden ist, doch liegt hierin kein Grund eine Zutheilung der betreffenden Gruppe zu den Lytoceratiden bedenklich zu finden; nach dem, was ich oben von dem von einander unabhängigen Auftreten analoger Aptychen-Bildungen bei verschiedenen Gattungen angeführt habe, ist kein Grund abzusehen, warum nicht auch bei den Lytoceratiden eine Solidificirung der betreffenden Organe hätte stattfinden sollen.

Lytoceras Suess.

Die Mehrzahl der cretacischen Formen behalten die Charaktere der jurassischen Vorkommnisse so vollständig bei, dass es überflüssig ist, deren Aufzählung hier zu wiederholen; neben der ziemlich constanten wenig umfassenden Form sind es vor allem Charaktere der Lobenzeichnung, die nicht in der Varietätsrichtung der Formenreihen gelegen ausserordentlich wenig abändern; die Theilung der Loben und Sättel in paarige Äste, und die zweispitzige Endigung des Antisiphonallobus sind Charaktere, welche über die Zugehörigkeit nie in Zweifel kommen lassen. Es ist dies von grösster Wichtigkeit für die Abtrennung von *Haploceras*, welches in *Hapl. latidorsatum* Mich. in der bei den meisten Ammoneengruppen ausserordentlich schwankenden äusseren Gestalt sich sehr gewissen Lytoceraten nähert, die in denselben Schichten und an denselben Localitäten vorkommen, wie *Lyt. Timotheanum*. Trotz dieser äusseren Ähnlichkeit bleibt aber bei beiden der Lobencharakter so grundverschieden, dass man sie unbedingt in ganz verschiedene Abtheilungen stellen muss[1].

Es sind noch einige etwas aberrante Typen zu besprechen; zunächst *Lyt. ventrocinctum* Quenst. und *Agassizianum* Pict., welche durch ihre ungewöhnliche Schalensculptur abweichen; wir finden jedoch hier die symmetrisch getheilten Loben und Sättel auf den Seiten, und den zweispitzigen Antisiphonallobus, ferner zeigen die inneren Windungen ganz den normalen Typus der Gattung, und endlich erscheint in der Ausbreitung der Internloben auf der Scheidewand der jeweils vorhergehenden Kammer[2] ein nur bei *Lytoceras* bekanntes Merkmal[3].

Eine zweite ganz fremdartige Form ist *Lyt. Jaubertianum* Orb., von welchem Pictet angibt, dass es unpaarig getheilte

---

[1] Es liegt in solchen Fällen sehr nahe an *Mimicry* zu denken, doch möchte ich dies nur als eine ziemlich wahrscheinliche Vermuthung bezeichnen.

[2] Quenstedt, Cephalopoden.

[3] Vergl. *Lytoceras Endesianum* Orb. *Lyt. exoticum* Orb. *Lyt. Lüneburgense* Schlüt. u. A.

Loben besitzt; ich konnte mich jedoch an den Exemplaren der
Pictet'schen Sammlung bestimmt überzeugen, dass dies
unrichtig ist und dass die Loben in deutlich symmetrische Äste
getheilt sind; ein auseinandergewittertes Exemplar liess auch
die Form der inneren Windungen erkennen, welche mässig
gerundet den Charakter von *Lytoceras* zeigen.

Lyt.	*Aeolus* Orb.	*Lyt.*	*Lüneburgense* Schlüt.
„	*Agassizianum* Pict.	„	*Mahadeva* Stol.
„	*anaspastum* Redtb.	„	*Michelianum* Orb.
„	*Bourritianum* Pict.	„	*mite* Hauer.
„	*Duvalianum* Orb.	„	*ophiurus* Orb.
„	*Honnoratianum* Orb.	„	*postremum* Redtb.
„	*Jallabertianum* Pict.	„	*quadrisulcatum* Orb.
„	*Jaubertianum* Orb.	„	*recticostatum* Orb.
„	*inaequalicostatum* Orb.	„	*striato-sulcatum* Orb.
„	*Juilleti* Orb.	„	*strangulatum* Orb.
„	*Jukesi* Sharpe.	„	*subfimbriatum* Orb.
„	*Jurinianum* Pict.	„	*Timotheanum* Pict.
„	*Kayei* Stol.	„	*ventrocinctum* Quenst.
„	*lepidum* Orb.		

Hamites Park.

Bei der Classification der evoluten Kreideammoneen hat bis
jetzt als einziges entscheidendes Merkmal die Form der Spirale
gegolten und hat zur Aufstellung einer übergrossen Anzahl von
Gattungen geführt. Betrachtet man diese *Crioceras, Ancyloceras,
Toxoceras, Anisoceras, Helicoceras, Ptychoceras, Hamites, Hamulina, Scaphites, Heteroceras, Turrilites, Baculites,* so ist nichts
auffallender, als das vollständige Missverhältniss von Umfang
und morphologischen Werth dieser kleinen Genera gegenüber
der Riesengattung *Ammonites;* selbst jetzt, da die geschlossen
eingerollten Ammoniten in mehr als zwanzig Untergattungen eingetheilt sind, ist fast jede von diesen der Mehrzahl jener für die
evoluten Arten aufgestellten Genera an Formwerth weit über-
legen, und die letzteren müssen an Zahl noch bedeutend vermin-
dert werden, wenn ein gewisser Grad von Gleichmässigkeit
erzielt werden soll. Ich schlage daher vor, die folgenden Gattungen

zu streichen und theils mit *Hamites*, theils mit *Crioceras*, theils mit *Turrilites* zu vereinigen:

Anisoceras.	*Helicoceras.*
Ancyloceras [1].	*Ptychoceras.*
Hamulina.	*Toxoceras.*

Der Hauptgrund, durch welchen ich mich zur Einziehung dieser Gattungen genöthigt sehe, ist der, dass zu ihrer Charakterisirung nur in der herrschenden Variationsrichtung aller hierher gehörigen Reihen gelegene Merkmale verwendet sind, ein Vorgang, durch welchen, wie oben erwähnt, natürlich eine vollständig naturwidrige Zersplitterung eintreten musste. In dem Verlassen der geschlossenen Spirale tritt eine neue Variationsrichtung auf, und es ist daher ganz gerechtfertigt, hier eine Abtrennung von den alten Stämmen vorzunehmen, für weitere Eintheilung dagegen müssen wir die von der Variationsrichtung nicht oder nur wenig berührten Charaktere aufsuchen. Die Sculptur leistet uns hier fast gar keine Dienste, da zwar nicht im ersten Anfange der evoluten Formenreihen, wohl aber in deren weiterem Verlaufe eine ganz abnorme Ausbildung und Verstärkung der Ornamente einzutreten pflegt. Die besten Dienste leisten uns in dieser Richtung die Loben, indem wir unter den evoluten Formen eine grosse Anzahl finden, die genau den symmetrischen Bau der *Lytoceras*-Loben zeigen, während die anderen ebenso deutlich unpaarig getheilte Loben und Sättel besitzen.

Unter den Formen, welche paarig getheilten Lobenbau zeigen, sind einige, und darunter die geologisch ältesten, welche auch in der Sculptur so auffallende Übereinstimmung mit *Lytoceras* zeigen, dass kein Zweifel sein kann, dass dieselben aus Repräsentanten dieser Gattung hervorgegangen sind. Abgesehen von den Windungsverhältnissen stimmen alle übrigen Merkmale von *Scaphites Yvanii*, ferner von *Crioceras Astierianum* und *depressum* aufs vollständigste mit cretacischen Lytoceraten überein, ersteres mit *Lyt. rectecostatum* [2], letztere mit der Gruppe

---

[1] Kann etwa für die jurassischen Formen beibehalten werden.

[2] Vgl. Quenstedt, Cephalopoden.

des *Lyt. Timotheanum* [1]. Durch einfache Fortentwickelung der Variationsrichtung in der Spirale, und zwar in der ganz normalen Weise von aussen nach innen vorschreitend, erhalten wir aus *Scaphites Yvanii* die Gattungen *Hamites* und *Hamulina*, von denen sich *Ptychoceras* nur durch ein Merkmal der untergeordnetsten Art unterscheidet. Hier kann auch am besten die noch wenig bekannte Gattung *Anisoceras* untergebracht werden, welche sich in ihren Charakteren von der Art der Krümmung abgesehen ganz an *Hamites* anschliesst und deren leichte Schalenverzerrung nicht zu einer Abtrennung berechtigt; dass eine selbstständige Gattung für diese Formen nicht aufgestellt werden kann, ist sicher, und ein Zweifel kann nur bestehen, ob dieselbe besser zu *Hamites* oder zu *Turrilites* zu stellen sei, eine Frage, die mit Sicherheit erst wird entschieden werden können, wenn die Schalen etwas näher und vollständiger bekannt sein werden.

Mit der Änderung der Spirale geht auch eine solche in der Sculptur vor sich, indem sich dieselbe bedeutend verstärkt; es ist dies jedoch nicht gleich beim Anfange der Formenreihen der Fall, sondern erst etwas später, einige Zeit nach der Abtrennung von der involuten Stammform; es ist von einiger Bedeutung dies hervorzuheben, da man in dem Verlassen der Spirale eine Anpassung hat erkennen wollen; das Thier, durch die starken Dornen der vorletzten Windung im Wachsthum gestört, wünschte sich dieser lästigen Stachelung zu entledigen und verliess die geschlossene Spirale; nachdem ganz glatte Formen genau ebenso evolviren, wie gedornte, so ist diese Anschauung unhaltbar.

Ein Merkmal, welches ausserordentlich constant bei den geschlossenen Lytoceraten auftritt, geht bei deren evoluten Nachkommen allmälig verloren, nämlich die zweispitzige Endigung des Antisiphonallobus. Bei einigen derselben erhält sich dieselbe, wie theils aus den vorhandenen Abbildungen hervorgeht, theils mich die Untersuchung der Pictet'schen Sammlung belehrte; so bei *Crioceras depressum* [2], *Ancyloceras alternatum*,

---

[1] Vgl. Pictet und Campiche, Sainte Croix. Bd. II.

[2] Ich konnte mich hier bestimmt vom Vorhandensein zweier feiner Endspitzen überzeugen, und ich möchte das fast auch von *Crioc. Astierianum* glauben, obwohl dasselbe mit nur einer Spitze gezeichnet wird.

Saussureanum, pseudoelegans, Hamites Bouchardianus, *alterno-tuberculatus, elegans*, bei vielen anderen aber tritt einspitziger Bau ein, und ich konnte mich bei *Anisoceras armatum* überzeugen, dass dies durch Überwucherung der einen Spitze durch die andere geschieht; es ist sehr begreiflich bei Formen, welche aus einer Ebene heraustreten, dass durch die Krümmung eine Verzerrung eintritt, allein es tritt einspitziger Antisiphonal auch bei Formen auf, die in einer Ebene gerollt sind, wenn ich auch bei der Minutiosität dieses Merkmales es durchaus nicht unbedingt von allen Arten annehmen möchte, die in dieser Weise abgebildet sind.

Für die hier genannten Formen genügt eine Gattung vollständig, und wir wählen selbstverständlich den ältesten Namen, *Hamites*. Bezüglich der übrigen nicht involuten Kreideammoneen vergleiche unten bei *Turrilites, Baculites, Scaphites* und *Crioceras*.

Aus den tiefsten Schichten der Kreide *(Berrias)* sind noch keine Hamiten, und überhaupt keine evoluten Ammoneen bekannt; der älteste Vertreter dürfte *Hamites Yvanii* sein, von dessen Auftreten an dann die Gattung durch die ganze Kreide hindurch reicht; das Maximum ihrer Entwickelung scheint sie im Gault zu erreichen.

Beiläufig sei hier der evoluten Formen des mittleren Jura Erwähnung gethan, die sich ebenso an *Cosmoceras* anschliessen, wie *Hamites* an *Lytoceras*, wie *Crioceras* an *Hoplites*, oder wie *Scaphites* an *Olcostephanus* (vgl. unten). Diesen genetischen Verhältnissen gegenüber ist es unmöglich, sie mit evoluten Kreideammoneen in eine Gattung zusammenzubringen, und es ist vielleicht, um einen neuen Namen zu vermeiden, am einfachsten, die vacant gewordene Bezeichnung *Ancyloceras* auf sie zu übertragen, da man sie in der Regel bis jetzt zu dieser Gattung stellte; will man rigoros vorgehen, so ist allerdings Anlass zu einem neuen Namen gegeben.

Hamites ist sicher keine monophyletische Gattung; während die Mehrzahl der Formen in nächstem Zusammenhange mit dem *Hamites Yvanii* des unteren Neocom steht, ist eine andere Gruppe, diejenige des *(Crioceras) Astierianus* und *depressus* viel jüngeren Ursprunges und schliesst sich aufs innigste an *Lytoceras Timotheanum* aus dem Gault an.

Die Charakteristik der Gattung lässt sich etwa folgendermassen geben: Lytoceratiden, bei welchen die Umgänge alle
oder zum Theile sich nicht berühren; Spirale in einer Ebene
aufgerollt, oder nur in einem kleinen Theil ihres Verlaufes aus
dieser heraustretend; oberer Laterallobus immer, unterer meist
in paarige Äste zerfallend.

In der nachfolgenden Zusammenstellung, die sich vor allem
auf die sehr vollständigen Verzeichnisse bei Pictet, St. Croix
stützt, habe ich bei jeder Art beigefügt, in welcher Gattung sie
nach der bis jetzt üblichen Eintheilungsmethode Platz gefunden hat.

Hamites aculeatus Fitton. *Ancyloceras.*
    „   *adpressus* Orb. *Ptychoceras.*
    „   *alternatus* Mantell. *Anisoceras.*
    „   *alternans* Geinitz. *Hamites.*
    „   *alterno-tuberculatus* Leym. *Hamites.*
    „   *alpinus* Orb. *Hamulina.*
    „   *angulatus* Stol. *Anisoceras.*
    „   *angustus* Dixon. *Hamites.*
    „   *Aquisgraniensis* Schlüt. *Toxoceras.*
    „   *arcuatus* Forb. *Hamites.*
    „   *arculus* Morton. *Hamites.*
    „   *armatus* Sow. *Anisoceras.*
    „   *arrogans* Giebel. *Hamites.*
    „   *Asticrianus* Orb. *Crioceras.*
    „   *Astierianus* Orb. *Hamulina.*
    „   *attenuatus* Sow. *Hamites.*
    „   *Beani* Röm. *Hamites.*
    „   *biplicatus* Römer. *Hamites.*
    „   *bipunctatus* Schlüt. *Ancyloceras.*
    „   *Blancheti* Pict. *Ancyloceras.*
    „   *Bouchardianus* Orb. *Hamites.*
    „   *Charpentieri* Pictet. *Hamites.*
    „   *cinctus* Orb. *Hamulina.*
    „   *cylindricus* Orb. *Hamites.*
    „   *decurrens* Orb. *Hamulina.*
    „   *Degenhardti* Buch. *Hamites.*

Hamites depressus Pictet. *Crioceras.*
    ,,   *Desorianus* Pictet. *Hamites.*
    ,,   *dissimilis* Orb. *Hamulina.*
    ,,   *duplicatus* Pict. *Hamites.*
    ,,   *ellipticus* Mant. *Hamites.*
    ,,   *Emericianus* Orb. *Ptychoceras.*
    ,,   *fascicularis* Pict. et Lor. *Hamulina.*
    ,,   *Favrinus* Pictet. *Hamites.*
    ,,   *fissicostatus* Römer. *Hamites.*
    ,,   *flexuosus* Orb. *Hamites.*
    ,,   *Forbesianus* Stol. *Ptychoceras* [1].
    ,,   *Fötterlei* Stur. *Ptychoceras.*
    ,,   *Fremonti* Marcon. *Hamites.*
    ,,   *gaultinus* Pict. *Ptychoceras*
    ,,   *Geinitzi* Orb. *Hamites.*
    ,,   *gigas* Stur. *Ptychoceras.*
    ,,   *gracilis* Orb. *Hamites.*
    ,,   *Halleri* Pict. *Hamites.*
    ,,   *hamus* Quenst. *Hamulina.*
    ,,   *indicus* Forbes. *Anisoceras.*
    ,,   *interruptus* Schlüt. *Hamites.*
    ,,   *laevis* Matheron. *Ptychoceras.*
    ,,   *Leai* Troost. *Hamites.*
    ,,   *largesulcatus* Forbes. *Anisoceras.*
    ,,   *maximus* Sow. *Hamites.*
    ,,   *Meyrati* Oost. *Ptychoceras.*
    ,,   *Moreanus* Buv. *Hamites.*
    ,,   *Morloti* Ooster. *Ptychoceras.*
    ,,   *multinodosus* Schlüt. *Hamites.*
    ,,   *Nanaensis* Hauer. *Hamites.*
    ,,   *Nereis* Forb. *Anisoceras.*
    ,,   *Nicoleti* Pict. *Ancyloceras.*
    ,,   *nodoneus* Buv. *Hamites.*
    ,,   *obliquecostatus* Röm. *Hamites.*
    ,,   *Oldhami* Stol. *Anisoceras.*
    ,,   *Orbignyanus* Forb. *Hamites.*

---

[1] Müsste nach dem früheren Verfahren eine neue Gattung bilden.

Hamites Parkinsoni Morr. *Hamites.*
,,   *perarmatus* Pict. *Ancyloceras.*
,,   *pseudoarmatus* Schlüt. *Ancyloceras.*
,,   *pseudoelegans* Pict. *Anisoceras.*
,,   *pseudopunctatus* Pict. *Anisoceras.*
,,   *punctatus* Orb. *Hamites.*
,,   *Puzosianus* Orb. *Ptychoceras.*
,,   *raricostatus* Phill. *Hamites.*
,,   *Raulinianus* Orb. *Hamites.*
,,   *Reussianus* Orb. *Ancyloceras.*
,,   *Römeri* Gein. *Hamites.*
,,   *rugatus* Forb. *Anisoceras.*
,,   *Sablieri* Orb. *Hamites.*
,,   *Saussureanus* Pict. *Anisoceras.*
,,   *semicinctus* Orb. *Hamulina.*
,,   *seminodosus* Röm. *Hamites.*
,,   *sipho* Forb. *Ptychoceras.*
,,   *simplex* Orb. *Hamites.*
,,   *spinatus* Héb. *Ancyloceras.*
,,   *spiniger* Sow. *Ancyloceras.*
,,   *spinulosus* Sow. *Ancyloceras.*
,,   *striatus* Frič. *Hamites.*
,,   *Studerianus* Pict. *Hamites.*
,,   *subcompressus* Forb. *Anisoceras.*
,,   *subcylindricus* Orb. *Hamulina.*
,,   *subnodosus* Röm. *Hamites.*
,,   *subraricostatus* Orb. *Hamites.*
,,   *subundulatus* Orb. *Hamulina.*
,,   *torquatus* Morton. *Hamites.*
,,   *trinodosus* Gein. *Hamites.*
,,   *trinodosus* Orb. *Hamulina.*
,,   *trabeatus* Mort. *Hamites.*
,,   *Turonensis* Schlüt. *Toxoceras.*
,,   *undulatus* Forbes. *Anisoceras.*
,,   *Varusensis* Orb. *Hamulina.*
,,   *Vaucherianus* Pict. *Ancyloceras.*
,,   *Venetzianus* Pict. *Hamites.*
,,   *Verneuili* Troost. *Hamites.*

Hamites verus Frič et Schl. *Hamites.*
„   *virgulatus* Brong. *Hamites.*
„   *Yvanii* Puz. *Scaphites.*

Turrilites Lamarck.

Die grosse Mehrzahl der nicht in einer Ebene aufgewun-
denen Kreidcammoneen, welche in die Gattungen *Turrilites*,
Helicoceras und *Heteroceras* eingetheilt werden, zeigen durch die
symmetrische Theilung der Lateralloben entschiedene Verwandtschaft mit *Lytoceras* und *Hamites;* ausserdem zeigen die am
wenigsten aus einer Ebene abweichenden Formen, welche man
zu *Helicoceras* stellt, auch in allen übrigen Merkmalen so auffallende Übereinstimmung mit den Hamiten, dass ihre Einreihung
an dieser Stelle keinem Zweifel begegnen kann. Andererseits
weichen von diesem Typus die extremen Formen so weit ab,
und es zeigt sich eine ganz neue Variationsrichtung, so dass
volle Berechtigung zu generischer Selbstständigkeit vorhanden ist.

Die neue Varietätsrichtung, welche sich bei den Turriliten
geltend macht, besteht in der Abweichung aus einer Ebene und
der allmäligen Bildung eines geschlossenen thurmförmig spiralen
Gehäuses; da *Helicoceras* in den verschiedenen Graden seiner
Abweichung von *Hamites* nur die verschiedenen Etappen auf
diesem Wege darstellt, so muss diese Gattung eingezogen werden, wie dies auch Pictet schon angedeutet hat. Endlich
stellen *Heteroceras polyplocum* und *Reussianum* nur etwas
abnorme Ausbildungsarten desselben Typus dar.

Wir können jedoch nicht alle aus einer Ebene abweichenden
Ammoneen der Kreideformation hierherstellen; im oberen Neocom tritt eine sehr sonderbare und von allem, was sonst bekannt
ist, weit abweichende Gruppe von Formen auf, welche ebenfalls
nicht in einer Ebene aufgerollt, aber durch unsymmetrische Bildung der Lateralloben ausgezeichnet sind, nämlich *Heteroceras
Emericianum* Orb., *Astierianum* Orb. und *bifurcatum* Orb.,
welche wir als *Heteroceras* unten an die Gattung *Crioceras*
anreiben. Dorthin wird auch *Turrilites Senequierianus* Orb. zu
stellen sein, welcher sich in seinem Habitus von allen anderen
Turriliten entfernt und sich sehr demjenigen der Anfangswin-

dungen von *Heteroceras* nähert, mit denen er auch nach Pictet den unsymmetrischen Bau der Lateralloben gemein hat. Vielleicht ist *T. Senequierianus* nur das Jugendindividuum eines im ausgewachsenen Zustande mit einem unregelmässigen Schafte versehenen *Heteroceras*, wie auch schon Pictet die nahe Verwandtschaft beider betont hat.

Turrilites acutecostatus	Orb.	*Turrilites.*
„ *annulatus*	Orb.	*Helicoceras.*
„ *armatus*	Orb.	*Helicoceras.*
„ *Argonensis*	Buv.	*Helicoceras.*
„ *Archiacianus*	Orb.	*Turrilites.*
„ *Astierianus*	Orb.	*Helicoceras.*
„ *Astierianus*	Orb.	*Turrilites.*
„ *Bechei*	Sharpe.	*Turrilites.*
„ *Bergeri*	Brong.	*Turrilites.*
„ *bifrons*	Orb.	*Turrilites.*
„ *binodosus*	Hauer.	*Turrilites.*
„ *bituberculatus*	Orb.	*Turrilites.*
„ *Brazoënsis*	Röm.	*Turrilites.*
„ *Carcitanensis*	Math.	*Turrilites.*
„ *catenatus*	Orb.	*Turrilites.*
„ *conoideus*	Gieb.	*Turrilites.*
„ *costatus*	Lam.	*Turrilites.*
„ *elegans*	Orb.	*Turrilites.*
„ *Escherianus*	Pict.	*Turrilites.*
„ *Essenensis*	Gein.	*Turrilites.*
„ *flexuosus*	Schlüter.	*Helicoceras.*
„ *Gravesanus*	Orb.	*Turrilites.*
„ *Gresslyi*	Pict.	*Turrilites.*
„ *Hugardianus*	Orb.	*Turrilites.*
„ *indicus*	Stol.	*Helicoceras.*
„ *intermedius*	Pict.	*Turrilites.*
„ *Mantelli*	Sharpe.	*Turrilites.*
„ *Massinissa*	Coquand.	*Turrilites.*
„ *Mayorianus*	Orb.	*Turrilites.*
„ *Moutonianus*	Orb.	*Turrilites.*
„ *Morrisi*	Sharpe.	*Turrilites.*

Turrilites ornatus Orb. *Turrilites.*
"	*plicatus* Orb. *Turrilites.*
"	*polyplocus* Röm. *Heteroceras.*
"	*Puzosianus* Orb. *Turrilites.*
"	*reflexus* Quenst. *Turrilites.*
"	*Reussianus* Orb. *Heteroceras.*
"	*Robertianus* Orb. *Helicoceras.*
"	*rotundus* Orb. *Helicoceras.*
"	*Scheuchzerianus* Orb. *Turrilites.*
"	*Schloenbachi* Favre. *Helicoceras.*
"	*spiniger* Schlüter. *Helicoceras.*
"	*Stachei* Hauer. *Turrilites.*
"	*Thurmanni* Pictet. *Helicoceras.*
"	*taeniatus* Pictet. *Turrilites.*
"	*tridens* Schlüter. *Turrilites.*
"	*triplicatus* Dixon. *Turrilites.*
"	*tuberculatus* Bosc. *Turrilites.*
"	*varians* Schlüter. *Turrilites.*
"	*Vibraeyanus* Orb. *Turrilites.*
"	*Wiesti* Sharpe. *Turrilites.*

Baculites Lamarck.

Die vollständig gestreckten Ammoneen der Kreide sind zu
der Gattung *Baculites* zusammengefasst worden und bilden eine
sehr gute natürliche Gruppe, welche sich durch den Bau des
ersten Laterallobus an *Lytoceras* und *Hamites* anschliesst; in
der That ist zwischen einem *Hamites* mit zwei ganz geraden
Schenkeln und einem *Baculites* kein sehr bedeutender Unterschied. Eine Aufzählung der Baculitenarten und eine Wieder-
gabe der Gattungsdiagnose ist überflüssig, da eine Änderung
hier nicht stattfindet.

Phylloceras Suess.

Diese Gattung behält ihre Charaktere durch die ganze Jura-
und Kreidezeit so ganz ungeändert bei, dass ich zu ihrer Charakteristik nichts beizufügen habe. Der Typus der Lobenzeichnung
bleibt sich ganz gleich und zeigt nur eine allmälige Vermehrung
der Sattelblätter; von einer atavistischen Reduction ist nie etwas

zu bemerken, so dass von einer Anreihung der Kreideceratiten, wie sie von anderen und auch von mir vorgenommen wurde, an dieser Stelle keine Rede sein kann, zumal dieselben sich deutlich an *Amaltheus* anschliessen.

Zu der Aufzählung der einzelnen Arten muss ich bemerken, dass ein grosser Theil der von Orbigny beschriebenen Formen auf junge Exemplare gegründet ist, bei welchen die Artcharaktere noch nicht erkennbar sind; dieselben werden beseitigt werden müssen. Bezüglich einiger der von Stoliczka aus Indien als „*Heterophylli*" angeführten Ammoniten bin ich wegen der mangelhaften Lobenzeichnungen im Unklaren, ob sie zu *Phylloceras* gehören; im heissen Klima Indiens wird die Fettschicht, mit welcher die lithographischen Steine überzogen sind, stets etwas erweicht, so dass die feineren Einzelheiten der Zeichnungen oft verloren gehen.

Phyll. Calypso Orb.	*Phyll. picturatum* Orb.
„ *diphyllum* Orb.	„ *semistriatum* Orb.
„ *Guettardi* Orb.	„ *semisulcatum* Orb.
„ *Morelianum* Orb.	„ *subalpinum* Orb.
„ *Moussoni* Oost.	„ *Velledae* Orb.
„ *Rouyanum* Orb.	„ *Velledaeforme* Schlüt.

III. Aegoceratiden.

Haploceras Zittel.

Die Gattung *Haploceras* wurde von Zittel für eine Gruppe mit *Oppelia* verwandter Formen aus dem mittleren und oberen Jura aufgestellt, welche meist durch ganz fehlende oder sehr schwache Sculptur charakterisirt sind; auch einige Kreideformen, wie *Hapl. Grasanum* wurden hieher gestellt; an diese schliessen sich dann Formen mit mehr meisselförmigem Querschnitt an, wie *Hapl. Belus*, endlich Arten mit ganz schneidender Externseite wie *Hapl. Nisus* Orb.

Bei anderen jurassischen *Haploceras*-Arten entwickelt sich allmälig eine zunächst auf die Externseite der Wohnkammer beschränkte Quersculptur (*Hapl. jungens* Neum., *carachtheis* Zeuschner), aus welchen sich dann durch das in der Regel bei

den Ammoniten vorkommende Zurückgreifen der Wohnkammer-
merkmale geologisch älterer Formen auf die inneren Windungen
ihrer Nachkommen cretacische Arten wie *Hapl. cassida* Quenst.
entwickeln, an die sich dann *Hapl. ligatum* Orb. mit seinen zahlreichen Verwandten anschliesst, bei denen ganz gerade Rippen
ungespalten über die Windungen verlaufen, in der Regel in der
Weise, dass zwischen je zwei stärkeren Rippen eine grössere
Anzahl von feineren zu stehen kömmt.

Bei einzelnen oberjurassischen Formen, die sich an *Hapl.
carachtheis* anschliessen, geht allmälig die Sculptur von der
Externseite in schwachen geschwungenen Rippen auf die Flanken über, wie dies bei *Hapl. cristiferum* Zitt. angedeutet, bei
Hapl. Wöhleri Oppel. besser entwickelt ist, und diese Bildung
wiederholt sich dann an *Haploceras difficile* Orb., *Cleon* Orb.,
bicurvatum Leym., aus der Kreide in verstärktem Massstabe.

Endlich treten verbreitet in der Kreide *Haploceras*-Arten
mit nach vorne geschwungenen Einschnürungen auf *(Hapl. Beu-
danti, Parrandieri)*, welche darin eine Eigenthümlichkeit zeigen,
die mir bei keiner jurassischen Form bekannt ist; hier leiten
jedoch, abgesehen von der Übereinstimmung in der Lobenzeichnung, die inneren Windungen mit voller Sicherheit, indem dieselben ein ganz typisches *Haploceras* mit ganz glatten Umgängen darstellen. Mit diesen Furchen combinirt sich dann allmälig
eine sichelförmig geschwungene Radialsculptur, und es resultirt
eine Formengruppe, deren Haupttypus *Hapl. planulatum* Sow. ist.

Trotz dieser grossen Mannigfaltigkeit ist es sehr leicht jeden
Repräsentanten von *Haploceras* aus Schichten, die tiefer sind als
Turon, sofort am ganzen Habitus und an den Loben zu erkennen,
nichts ist schwerer als den Charakter in Worten auszudrücken;
Länge der Wohnkammer und *Aptychus*[1] sind mir von keinem
cretacischen *Haploceras* bekannt, der Mundrand nur von *Hapl.
Grasanum*, dass ohnehin den jurassischen Typen näher steht als
den meisten cretacischen; Sculptur und Querschnitt sind überaus
verschieden; das einzige, was ziemlich gleich bleibt, ist der Verlauf der Lobenlinie. Da diese hier von ausserordentlicher Wich-

---

[1] Wahrscheinlich gehören die Aptychen vom Typus des *Apt. Didayi*
hieher.

tigkeit ist, so muss sie etwas ausführlicher besprochen werden. Vor allem ist wichtig, dass die Variation auf stete Complicirung gerichtet ist; abgesehen von *Phylloceras* und *Lytoceras*, deren Loben auf den ersten Blick zu unterscheiden sind, ist *Haploceras* dadurch von allen anderen involuten Ammoneen der Kreide verschieden, dass diese alle *(Hoplites, Amaltheus, Schloenbachia)* vom Gault an ihre Loben, zwar nicht an Zahl, aber an Reichthum der Gliederung reduciren, ein Verhältniss, dass für die Beurtheilung der jüngeren Kreideammoneen von höchster Wichtigkeit ist. Die Zahl der Loben bei *Haploceras* wechselt, indem ausser dem Siphonallobus und den beiden Lateralen 2—4 Auxiliaren vorhanden sind; die Lateralloben sind nie symmetrisch getheilt (Unterschied von *Lytoceras*); bei den Formen des Neocom sind die Loben noch nicht sehr complicirt, später aber sehr verästelt mit schmalen Stämmen; die Stämme der Loben meist . breiter als diejenigen der Sättel; der erste Lateral nicht auffallend grösser als der zweite.

Vergleichen wir die Loben anderer Formen, so können *Schloenbachia*, *Amaltheus*, *Phylloceras* und *Lytoceras* gar nicht in Betracht kommen; eine Schwierigkeit kann nur bei *Hoplites* entstehen, und auch hier ist der ganze um *Hopl. Rotomagensis* gruppirte Theil der Gattung an der geringen Zahl und der Einfachheit der mit plumpen Körpern versehenen Loben und Sättel sehr leicht zu trennen; wirkliche Ähnlichkeit herrscht nur mit einigen der Hopliten aus der Gruppe des *Hoplites interruptus* (Dentaten); allein auch hier wird die Breite der Loben- und Sattelkörper, von welchen die letzteren in der Regel breiter sind als die ersteren, die starke Entwickelung des Externsattels, die auffallende Verschiedenheit in der Grösse zwischen den beiden Lateralloben, endlich die breitere besser gerundete Form der Sattelblätter bei *Hoplites* selten einen Zweifel übrig lassen.

Den allgemeinen Habitus, welcher die meisten *Haploceras* so leicht erkennen lässt, in Worte zu fassen, ist kaum möglich, doch will ich versuchen, auch in dieser Beziehung einige Anhaltspunkte zu geben. Ein grosser Theil der Formen ist durch Sichelfurchen charakterisirt, welche ausserdem nur bei den durch ihre Lobenzeichnung grundverschiedenen Gattungen *Lytoceras* und *Phylloceras* vorkommen; dünne Rippen, welche ganz ungespalten und gerade verlaufen, sind ebenfalls auf diese Gattungen beschränkt. Regelmässige und deutliche Spaltung der Rippen findet sich bei *Haploceras* nie. Schmale, ungespaltene, weit von einander entfernte, die Zahl 10 auf einem Umgange nicht viel übersteigende Rippen kommen nur bei *Haplocecas* und dem nach den Loben leicht zu unterscheidenden *Lytoceras* vor, ebenso der Wechsel stärkerer Rippen mit zahlreichen feineren, welche sich dazwischen stellen; ein aufgesetzter Kiel oder eine breite Furche auf der Externseite sind nicht vorhanden.

Eine derartige Weise, eine Gattung zu definiren, mag sehr unpräcis und unwissenschaftlich scheinen; allein in keinem Theile der Conchyliologie wird dies anders möglich sein, wenn an den vorliegenden Exemplaren die meisten wichtigsten Merkmale fehlen; trotz dieser Mängel der Diagnose sind aber gerade die *Haploceras*-Arten von den mit ihnen lebenden Formen sehr leicht zu unterscheiden.

Die bisher genannten Charaktere beschränken sich auf die geologisch älteren Formen; eine ganz eigenthümliche Entwickelung nimmt *Haploceras* in den oberen Etagen der Kreide im Turon und Senon an, wo sie sich zu den gewaltigen Riesenformen aus der Gruppe des *Haploceras peramplum* ausbildet. So wenig diese auf den ersten Blick hierher zu gehören scheinen, so lässt doch die Übereinstimmung der Loben und die Form der inneren Windungen (vergl. z. B. Frič und Schloenbach, Cephalopoden der böhmischen Kreideformation, Tab. 8, Fig. 4) keinen Zweifel in dieser Beziehung übrig; von allen obercretacischen Formen sind dieselben leicht durch die Loben zu unterscheiden.

Hapl. alienum Stol.	*Hapl. cesticulatum* Leym.	
„ *aurito-costatum* Schlüt.	„ *Charrierianum* Orb.	
„ *Austeni* Sharpe.	„ *clypeale* Schlüt.	
„ *Belus* Orb.	„ *costulosum* Schlüt.	
„ *Beudanti* Brongn.	„ *difficile* Orb.	
„ *Bladense* Schlüt.	„ *Dupinianum* Orb.	
„ *cassida* Rasp.	„ *Durga* Stol.	
„ *catinus* Mant.	„ *Emrici* Rasp.	
„ *Celestini* Pict.	„ *Galizianum* Favre.	

Hapl. Gardeni Baily.	*Hapl. Parrandieri* Orb.
„ *Gollevillense* Orb.	„ *patagiosum* Schlüt.
„ *Grasanum* Orb.	„ *peramplum* Mant.
„ *Griffithi* Sharp.	„ *planulatum* Sow.
„ *Hernense* Schlüt.	„ *Portae ferreae* Tietze.
„ *Icenicum* Sharp.	„ *Portlocki* Sharpe.
„ *impressum* Orb.	„ *Prosperianum* Orb.
„ *inornatum* Orb.	„ *Pseudogardeni* Schlüt.
„ *latidorsatum* Mich.	„ *raresulcatum* Leym.
„ *leptonema* Sharpe.	„ *Stobbaei* Nils.
„ *leptophyllum* Sharpe.	„ *subplanulatum* Schlüt.
„ *Lewesense* Mant.	„ *Sugata* Forbes.
„ *ligatum* Orb.	„ *Tannenbergicum* Frič.
„ *Melchioris* Tietze.	„ *Trajani* Tietze.
„ *Neubergicum* Hauer.	„ *Tachthaliae* Tietze.
„ *octosulcatum* Sharpe.	„ *Tweenianum* Stol.
„ *Oldhami* Sharpe.	„ *Wiesti* Sharpe.
„ *Otacoodense* Stol.	„ *Wittekindi* Schlüt.

Perisphinctes Waagen.

Typische Vertreter der Gattung *Perisphinctes* kommen im Neocom sehr selten vor, doch sind deren einige vorhanden, welche die Charaktere der Gattung ganz rein erhalten haben; einige wenige Arten derselben sind schon bekannt, und ausserdem liegen mir zwei ausgezeichnete, noch unbeschriebene Formen aus dem norddeutschen Neocom vor; diesen füge ich noch einige mit Siphonalfurche versehene Vorkommnisse aus dem tiefsten Neocom der mediterranen Provinz bei, welche mit keiner sich weiter entwickelnden Formenreihe in Verbindung stehen.

Ausserdem zweigen sich von *Perisphinctes* einige sehr grosse Formenkreise ab, welche jedoch als neue Gattungen abgetrennt werden mussten, da sie ganz geänderte Variationsrichtung einschlagen, während noch ächte Vertreter der Gattung vorhanden sind.

Per. Callisto Orb.	*Per. Seranonis* Orb.
„ *macilentus* Orb.	„ ? *Thurmanni* Pict.
„ *Privasensis* Pict.	

Provisorisch schliesse ich hier noch eine Gruppe von Formen an, welche vielleicht zu einer eigenen Gattung erhoben zu werden verdient; doch kann ich mich bei der geringen Ausdehnung und Dauer derselben nicht zu einer Abtrennung entschliessen; an *Perisphinctes fraudator* Zitt. von Stramberg schliessen sich in Stramberg Formen mit einer Externfurche auf der Siphonalseite und verstärkter Sculptur auf der Wohnkammer an, nämlich *Per. microcanthus* Opp. und *Köllikeri* Opp.[1]; diesen folgen dann im tiefsten Neocom einige Arten, welche bei sehr geringer Verschiedenheit von einander doch sich allmälig in der Sculptur von der Grundform weit entfernen und den Übergang zur Gruppe des *Per. radiatus* bilden. Diese Zwischenglieder, deren innere Windungen noch ächte Perisphinctenrippen zeigen, sind *Per. Chaperi* Pict., *Euthymi* Pict., *Malbosi* Pict. Die extremste Form der ganzen Gruppe ist *Per. Leopoldinus* Orb., der im Alter ganz glatt wird und auch eine eigenthümliche Entwickelung der Lobenlinie zeigt.

Per. Campichei Pict.[2]		*Per. Leopoldinus* Orb.	
„	*Chaperi* Pict.	„	*Malbosi* Pict.
„	*curvinodus* Phill.	„	*microcanthus* Opp.
„	*Euthymi* Pict.	„	*radiatus* Brug.
„	*Köllikeri* Opp.	„	*symbolus* Opp.

Die mit einem Sterne vor dem Namen versehenen Formen gehören dem oberen Jura an.

Olcostephanus nov. gen.

Die bekannteste typische Art dieser Gattung, *Olc. Astierianus* ist von Waagen zu *Perisphinctes* gestellt worden, und in der That gehört sie mit ihren zahlreichen Verwandten zu diesem Stamme; ich glaube sie jedoch von der Gattung *Perisphinctes* trennen zu sollen, da sie eine sehr wohl geschiedene Seitenreihe

---

[1] Auch *Per. symbolus* Opp. schliesst sich hier an.

[2] Ich stelle *Per. Campichei* mit Zweifel hieher; nach den Abbildungen würde diese Art einen ganz anderen Platz einnehmen, dagegen zeigt ein Exemplar der Pictet'schen Sammlung grosse Verwandtschaft mit *Per. radiatus.*

bilden und in mehreren wichtigen Merkmalen von den typischen
Vertretern der Stammgattung abweichen.

Der Ursprung der Formengruppe, welche wir als *Olcostephanus* zusammenfassen, ist nicht in Europa zu suchen, sondern
die Abzweigung von *Perisphinctes* scheint weit im Osten vor sich
gegangen zu sein, und erst nach vollendeter Trennung wandert
der Typus in die europäischen Gegenden ein. Das Mittelglied
zwischen *Perisphinctes* und *Olcostephanus* bildet *Olc. Cautleyi*
Opp. aus dem indischen Jura[1], der die Theilungsstelle der Rippen schon ganz an die Nabelkante verrückt zeigt, sonst aber
noch ganz den Perisphinctencharakter trägt und sich sehr enge
an die Gruppe des *Per. Strauchianus* anschliesst, ein Verhältniss,
auf welches mich Herr v. Suttner in München aufmerksam
gemacht hat. An diese Form reihen sich dann *Olc. Stanleyi* Opp.
und *Groteanus* Opp. aus Indien an, von welchen der letztere
auch in Stramberg auftritt als ältester Vertreter seiner Gattung in Europa; diese Form steht dann dem *Olc. Astierianus*
schon so nahe, dass sie von Pictet anfangs direct mit diesem iden-
tificirt wurde, und hier schliessen sich dann die verschiedenen
mit *Olc. Astierianus* nahe verwandten Arten des europäischen
Neocom an.

Mit *Olc. Astierianus* ist die Gruppe des *Olc. bidichotomus*
Leym. sehr nahe verwandt, welche jedoch nicht aus Indien,
sondern aus der borealen Provinz zu uns gelangt zu sein scheint,
wo *Olc. diptychus* Keys. und *polyptychus* Keys. von der Pet-
schora den Ausgangspunkt bilden; die nahen Beziehungen zwischen der indischen und der russischen Cephalopodenfauna sind
bekannt, und es bildet wahrscheinlich die Gruppe des *Olc. bidichotomus* die boreale Parallelreihe zur indisch-mediterranen Reihe
des *Olc. Astierianus;* die Einwanderung der ersteren Gruppe in
Europa findet bedeutend später statt als die der letzteren, und
zwar gleichzeitig mit derjenigen der Amaltheen und der Belem-
niten aus der Gruppe des *Bel. subquadratus.* Die Dauer von

---

[1] Oppel. palaeontolog. Mittheilungen, Tab. 78, Fig. 1. Das
Tab. 74, Fig. 2 abgebildete Exemplar ist bestimmt nicht die Jugendform
dieser Art, sondern steht mit *Cosmoceras Theodori* in naher Verwandtschaft.

Olcostephanus in Europa ist eine sehr kurze, sie scheinen sich nicht über das Neocom hinauszuerstrecken, während sie sich in Indien in flachen weitnabeligen Formen noch lange erhalten.

Der Charakter von *Olcostephanus* im Gegensatz zu *Perisphinctes* besteht in kürzerer nur etwa $^2/_3$ Umgang betragender Wohnkammer, mit einfacher von einem glatten Bande eingesäumter Mündung; nur bei dem auf der Gränze zwischen beiden stehenden *Olc. Cautleyi* sind Ohren beobachtet, die Rippen entstehen bündelweise an der Nabelkante, ausserdem spalten sich bei manchen die Rippen weiter nach oben noch einmal (Gruppe des *Olc. bidichotomus*). Einschnürungen bei der Gruppe des *Olc. Astierianus* nach vorne gerichtet sehr kräftig, bei derjenigen des *Olc. bidichotomus* in der Regel fehlend. Lobenlinie in der Regel aus einem Siphonallobus, zwei Lateralloben und drei Auxiliaren gebildet, welch letztere bisweilen etwas herabhängen. Externseite ohne Kiel und Furche, nur bei sehr wenigen sind die Rippen auf der Externseite leicht unterbrochen.

Olc. Aemilianus Stol.	*Olc. Kalika* Stol.
„ *Astierianus* Orb.	„ *Kandi* Stol.
„ *Bachmanni* Winkl.	„ *Madrasinus* Stol.
„ *Bawani* Stol.	„ *Mitreanus* Orb.
„ *bidichotomus* Leym.	„ *Moraviatoorensis* Stol.
„ *Caillaudianus* Orb.	„ *Narbonensis* Pict.
„ *Carteroni* Orb.	„ *Nieri* Pict.
„ *Cautleyi* Opp.	„ *pacificus* Stol.
„ *Cliveanus* Stol.	„ *papillatus* Stol.
„ *concinnus* Phill.	„ *Paravati* Stol.
„ *Decheni* Röm.	„ *Perezianus* Orb.
„ *diptychus* Keys.	„ *polyptychus* Keys.
„ *Gastaldinus* Orb.	„ *pronus* Opp.
„ *Groteanus* Opp.	„ *Schenki* Opp.
„ *Hughi* Oost.	„ *Spitiensis* Blanf.
„ *Jeannoti* Orb.	„ *Stanleyi* Opp.
„ *incertus* Orb.	„ *Vandecki* Orb.

Scaphites Parkinson.

Die Scaphiten, mit Ausschluss von *Scaph. Yvanii*[1] bilden eine sehr gute natürliche Gruppe, sehr entschieden charakterisirt durch die geschlossene Spirale des gekammerten Theiles der Röhre, an welche sich nur ein sehr kurzer evoluter Haken anschliesst, durch ihren *Aptychus*, welcher durch seine Form, das Fehlen einer kräftigen Längssculptur und die mit Körnern bedeckte Oberfläche an die Aptychen von *Perisphinctes* sich anschliesst, und durch das Auftreten von Auxiliarloben, welche allen anderen evoluten Formen fehlen. Die Form des *Aptychus* spricht entschieden für Anreihung an den Perisphinctenstamm und die Gestalt der inneren Windungen der geologisch alten Arten, welche ganz mit der Form von *Olcostephanus Guastaldinus* übereinstimmen, spricht sehr für den Anschluss an *Olcostephanus*, was auch durch die Form der Mundöffnung bestätigt wird.

Scaphites aequalis Sow.	*Scaphites Monasteriensis* Schlüt.
„ *auritus* Schlüt.	„ *multinodosus* Hauer.
„ *auritus* Frič et Schlönb.	„ *Nicoleti* Buch.
„ *Aquisgraniensis* Schlüt.	„ *nodifer* Gein.
„ *Astierianus* Orb.	„ *obliquus* Sow.
„ *binodosus* Röm.	„ *ornatus* Münst.
„ *compressus* Orb.	„ *petechialis* Mort.
„ *constrictus* Orb.	„ *Phillipsi* Bean.
„ *Conradi* Mort.	„ *plicatellus* Röm.
„ *Geinitzi* Orb.	„ *pulcherrimus* Röm.
„ *gibbus* Schlüt.	„ *quadrispinosus* Gein.
„ *gulosus* Mort.	„ *reniformis* Mort.
„ *hippocrepis* Mort.	„ *spiniger* Schlüt.
„ *Hugardianus* Orb.	„ *tenuistriatus* Kner.
„ *inflatus* Röm.	„ *tridens* Kner.
„ *Meriani* Pict.	„ *trinodosus* Kner.
	„ *Texanus* Römer.
	„ *tuberculatus* Giebel.

---

[1] Vgl. oben bei *Hamites*.

Hoplites nov. gen.

Die wichtigste Formengruppe, die sich von *Perisphinctes* abzweigt, ist diejenige, welche wir als die Gattung *Hoplites* zusammenfassen, und von welcher selbst einige weitere Gattungen ihren Ursprung nehmen; wir können ihren Beginn bis in den oberen Jura hinabverfolgen, wo sie sich von der Gruppe des *Perisphinctes polyplocus* und *involutus* abzweigt. Wir müssen zunächst die Art des Variirens und die Richtung desselben bei den jurassischen Perisphincten in zwei Beziehungen etwas betrachten, ehe wir die Entwickelung der cretacischen Hopliten selbst besprechen können.

Die Lobenlinie der Perisphincten ist in der Regel durch einen sehr entwickelten Nathlobus charakterisirt, der wohl bei *Per. Achilles* von La Rochelle das Maximum der Ausbildung zeigt; derselbe ist in der Regel so stark, dass auch der untere Laterallobus noch in seine Bildung mit hineingezogen wird, oder dieser ist wenigstens vom oberen Lateral einerseits, vom Nathlobus andererseits so sehr überwachsen und überwuchert, dass er als ein ganz untergeordneter Secundärlobus zwischen diesen beiden steht. Bei einer Formenreihe der jurassischen Perisphincten, zu welcher *Per. polyplocus* R e i n., *virgatus* B u c h., *involutus* Q u e n s t., *Rolandi* O p p., *Strauchianus* O p p. und viele andere gehören, tritt nun eine Änderung in der Weise ein, dass der Nathlobus sich weniger senkt und dadurch der zweite Laterallobus aus seiner gedrückten Stellung heraustritt; die Senkung des Nathlobus nimmt mehr und mehr ab, und bei den Kreide-Hopliten, welche diese Variationsrichtung fortsetzen, nähert er sich mehr und mehr der Horizontalen und löst sich in eine grössere oder kleinere Anzahl von einander unabhängiger Auxiliaren auf; sehr bemerkenswerth ist, dass die unbedeutende Grösse des unteren Laterals auch, nachdem er vom Nathlobus nicht mehr überwuchert ist, bleibt, so dass bei fast allen Hopliten, mit Ausnahme einiger geologisch jüngerer Formen, ein auffallender Unterschied zwischen den Dimensionen des unteren und oberen Laterals besteht.

Eine zweite Art der Abänderung betrifft die Sculptur; es ist eine sehr auffallende Thatsache, dass eine und dieselbe Variation der Verzierung, nämlich das Auftreten eines glatten Bandes oder einer Furche auf der Externseite bei einer grossen Anzahl von Perisphincten unabhängig von einander auftritt[1]; es herrscht dabei das eigenthümliche und von dem gewöhnlichen Vorgange der Formveränderung abweichende Verhältniss, dass das neue Merkmal sich nicht auf der Wohnkammer, sondern, soweit die Beobachtung reicht, auf dem gekammerten Theile der Schale zuerst zeigt. Es ist das wohl dadurch zu erklären, dass dieses Merkmal ein mit der Lage des Sipho im Zusammenhang stehendes ist, und davon, dass die Furche oft lange nicht auf die Wohnkammer vorrückt, ist es wohl auch herzuleiten, dass dieser Charakter ausserordentlich häufigen Rückschlägen unterworfen ist.

Vor allem wichtig für uns ist das Auftreten der Externfurche bei der Formengruppe des *Per. involutus* Quenstedt; hier sehen wir zunächst, dass bei *Per. subinvolutus* Mösch die Rippen auf der Externseite sich verwischen, ohne dass eine wirkliche Furche vorhanden wäre; dann modificirt sich dieser Charakter in der Weise, dass bei nahe verwandten jurassischen Arten, wie *Hoplites Eudoxus* Orb., *pseudomutabilis* Lor., *abscissus* Opp., *progenitor* Opp. die Rippen zu beiden Seiten ganz nahe der Medianlinie abbrechen und hier ein glattes Band auftritt, welches tiefer liegt als die Enden der Rippen, aber in gleichem Niveau mit den Zwischenräumen zwischen denselben, und erst weit später, bei cretacischen Hopliten tritt der Fall ein, dass die Furche noch tiefer greift; gleichzeitig rückt die Theilungsstelle der Rippen an die Nabelkante, wo sie aus einer kurzen, verdickten Anfangsrippe oder einem Knötchen entspringen; die charakteristischen Einschnürungen sind verschwunden. Damit sind die Hauptpunkte der neuen Varietätsrichtung der Hopliten gegeben, und wir beginnen dieselben daher mit den eben genannten Formen des oberen Jura.

An diese Arten und zunächst an *Hoplites progenitor* schliesst sich in der natürlichsten Weise die Gruppe der *Dentati* an; zunächst ist der Unterschied zwischen der genannten Art und der Gruppe des *Hoplites Neocomiensis* ein ausserordentlich

---

[1] Vgl. Neumayr, Fauna der Schichten mit *Aspidoceras acanthicum*, pag. 174.

geringer; von da an vermittelt der in der Jugend noch ganz fein, im Alter sehr kräftig gerippte *Hoplites interruptus* den Übergang zu den reich verzierten Formen, und auch für die Arten mit einem Knoten in der Mitte der Flanken bilden Vorkommnisse wie *Hopl. interruptus* bei Orbigny, Ceph. Cret. tab. 32, fig. 1 den Ausgangspunkt; die Externsfurche hat sich gleichzeitig bei einigen Formen wie *Hopl. lautus, tuberculatus, interruptus* vertieft, während bei anderen wieder schwache Rippen sich über die Externseite zusammenschliessen *(Hopl. Raulinianus, Puzosianus)*. Gleichzeitig hat sich der Nathlobus in eine fast horizontale oder wenig herabhängende Reihe von 3—4 Auxiliaren aufgelöst[1], die Körper der Loben und noch mehr der Sättel sind bedeutend breiter geworden, namentlich der Externsattel ist sehr ausgebildet und die bei den Perisphincten so starke Verästelung der einzelnen Loben im Abnehmen begriffen.

Ausser dieser Formenreihe entwickelt sich aus derselben Wurzel noch eine zweite, welche die Gruppen der *Angulicostati, Crassecostati, Nodosocostati, Mamillares* und *Rotomagenses* umfasst. An die oben genannten Formen des oberen Jura, namentlich an *Hoplites abscissus* Opp. schliessen sich im unteren Neocom die ausserordentlich nahe verwandten Formen *Hopl. Boissieri* Pict. und *occittannicus* Pict. an; bei der ersteren Art ist die Externfurche nur auf der gekammerten Schale vorhanden, während auf der Wohnkammer die Rippen über die Externseite weglaufen und zu beiden Seiten derselben eine leichte Kante bilden; hier schliesst sich dann *Hoplites angulicostatus* an, bei welchem der Rückschlag in der Bildung der Externseite sich auf die inneren Windungen fortsetzt. Die Fortsetzung der Reihe ist dann *Hoplites crassecostatus,* welcher durch die Ausbildung seiner Jugendformen hierher gewiesen wird und nur ein in seinen Sculpturcharakteren gesteigerter *Hopl. angulicostatus* ist. Die Formen, welche sich nun anschliessen, sind noch nicht beschrieben, zunächst sind es Vorkommen, die von *Hopl. crassecostatus* durch grössere Dicke abweichen, und diese führen uns zu einer Art hinüber, welche in den Sammlungen in der Regel zu *Hopl.*

---

[1] Eine merkwürdige Ausnahme bildet *Hoplites regularis* Orb. mit nur einem Auxiliarlobus.

Cornuclianus gestellt ist, aber durch geringere Dicke und verschiedene Sculptur von dem Typus bei Orbigny abweicht; diese Abweichungen in der Verzierung bestehen darin, dass die Knoten auf den Rippen schwächer entwickelt sind, dass der ganze Charakter derselben demjenigen von *Hopl. crassecostatus* sich nähert; von hier aus ergibt sich dann der Übergang zur Gruppe des *Hopl. Cornuelianus, nodosocostatus* und *Martini* von selbst; auch die weitere Fortsetzung bietet keine Schwierigkeit, da über die nahe Verwandtschaft des *Hopl. nodosocostatus* mit den Mamillaten und dieser mit den *Rotomagenses* kaum ein Zweifel besteht.

Die Entwickelung der Loben ist durch ziemlich starke Reduction charakterisirt; ausser dem Siphonallobus und den beiden Lateralen tritt in der Regel nur ein Auxiliarlobus auf, die Körper der Loben und Sättel breit und plump und die Verzweigung gering. Dieser Lobencharakter sowie die ziemlich verschiedene Sculptur lässt diese Reihe leicht von der ersten unterscheiden, als deren Typus man *Hoplites interruptus* nennen kann; immerhin scheint mir die Divergenz beider zu gering, um eine generische Trennung als zweckmässig erscheinen zu lassen.

Zum Schlusse sei hier noch eine kleine Reihe erwähnt, welche durch sehr engen Nabel und die sehr breiten, flachen, durch schmale Furchen getrennten Rippen ein sehr eigenthümliches Aussehen erhält; es ist dies die Gruppe des *Hoplites Dumasianus* Orb., *Provincialis* Orb., *compressissimus* Orb., *galeatus* Buch., *Favrei* Oost., *Didayanus* Orb.; dieselbe bildet eine selbständige kleine Reihe, die sich durch *Hopl. Provincialis* an *Hopl. Boissieri* anschliesst.

Hopl. angulicostatus Orb.	*Hopl. Camelinus* Orb.
„ *Archiacinus* Orb.	„ *Castellanensis* Orb.
„ *Arnoldi* Pict.	„ *Cenomanensis* Arch.
„ *asperrimus* Orb.	„ *Coesfeldiensis* Schlüt.?
„ *auritus* Sow.	„ *conciliatus* Stol.
„ *Benettianus* Sow.	„ *Collerodensis* Stol.
„ *Brottianus* Orb.	„ *compressissimus* Orb.
„ *Bunburianus,*	„ *Cornuelianus* Orb.
„ *Camatteanus* Orb.	„ *crassicostatus* Orb.

Hopl. crassitesta Stol.
    " *cryptoceras* Orb.
    " *Cunliffei* Stol.
    " *Cunningtoni* Sharpe.
    " *curvatus* Mant.
    " *Deluci* Brongn.
    " *denarius* Sow.
    " *Deshayesi* Orb.
    " *Deverianus* Orb.
    " *Didayanus* Orb.
    " *dispar* Orb.
    " *Dufrenoyi* Orb.
    " *Dumasianus* Orb.
    " *Dutempleanus* Orb.
    " *Essenensis* Schlüt.
    " *euomphalus* Sharpe.
    " *fabeatus* Mant.
    " *Feraudianus* Orb.
    " *fissicostatus* Phill.
    " *Fittoni* Arch.
    " *Footeanus* Stol.
    " *furcatus* Fitt.
    " *galeatus* Buch.
    " *Gargasensis* Orb.
    " *Gentoni* Brongn.
    " *Geslinianus* Orb.
    " *Gossianus* Pict.
    " *Guersanti* Orb.
    " *Hambrowi* Forbes.
    " *heliacus* Orb.
    " *hippocastanum* Sow.
    " *harpax* Stol.
    " *histrix* Pill.
    " *idoneus* Stol.
    " *interruptus* Brug.
    " *Itierianus* Orb.
    " *laticlavius* Sharpe.
    " *Lafresneyanus* Orb.

Hopl. lautus Park.
    " *laxicosta* Lam.
    " *Lyelli* Leym.
    " *mamillaris* Schl.
    " *Martini* Orb.
    " *Mantelli* Sow.
    " *Medlicottianus* Stol.
    " *meridionalis* Stol.
    " *Michelinianus* Orb.
    " *Milletianus* Orb.
    " *Monteleonensis* Leym.
    " *Morpheus* Stol.
    " *Mortilleti* Pict.
    " *navicularis* Mant.
    " *Neocomiensis* Orb.
    " *nodosocostatus* Orb.
    " *noricus* Schloth.
    " *nodosoides* Röm.
    " *Nutfieldianus* Sow.
    " *papalis* Orb.
    " *Pailleteanus* Orb.
    " *provincialis* Orb.
    " *pretiosus* Orb.
    " *pulchellus* Orb.
    " *Puzosianus* Orb.
    " *quercifolius* Orb.
    " *Raulinianus* Orb.
    " *Renauxianus* Orb.
    " *regularis* Brug.
    " *Ricordeanus* Orb.
    " *rotalinus* Orb.
    " *Rotomagensis* Defr.
    " *Royerianus* Orb.
    " *Rütimayeri* Oost.
    " *rusticus* Orb.
    " *Salteri* Sharpe.
    " *Saxbyi* Sharpe.
    " *Senebierianus* Orb.

Hopl. sinuosus Orb.	*Hopl. tuberculatus* Sow.
„ *splendens* Sow.	„ *Turonensis* Orb.
„ *Studeri* Pict.	„ *Ushas* Stol.
„ *striato-costatus* Schlüt.	„ *versicostatus* Orb.
„ *Sussexiensis* Sharpe.	„ *Vielblanci* Orb.
„ *sulcifer* Pict.	„ *Vraconensis* Pict.
„ *tardefurcatus* Leym.	„ *Woolgari* Mant.
„ *tropicus* Stol.	

Stoliczkaia nov. gen.

Im Anschlusse an *Hoplites* sehe ich mich noch genöthigt, eine Gattung für eine merkwürdige kleine Gruppe von Ammoneen aufzustellen, nämlich für die eigenthümlichen Formen der indischen Kreide, welche Stoliczka in seinem grossen Werke beschrieben und mit den Hallstätter Arcesten verglichen hat. Ich nenne diese Gattung zum Andenken an den um die geologische und paläontologische Erforschung Indiens hochverdienten Forscher, der vor kurzem mitten in seinem Arbeitsgebiete, dem gewaltigsten Gebirge der Erde seinem wissenschaftlichen Eifer zum Opfer gefallen ist, *Stoliczkaia*.

Die Übereinstimmung der hierher gehörigen Formen, und namentlich von *Stoliczkaia Telinga* mit gewissen Arcesten der Trias, ist allerdings in der äusseren Form ziemlich gross, und bedeutender als mit irgend welchen anderen Ammoniten, etwa mit Ausnahme von *Stephanoceras bullatum* Orb. des mittleren Jura. Ausser dieser Ähnlichkeit in den Proportionen ist aber keine Verwandtschaft mit *Arcestes* vorhanden und daher eine Anreihung an diese Gattung unmöglich. Die Wohnkammer, deren Länge für *Arcestes* in erster Linie leitend ist, bleibt bei den Kreideformen kürzer, die Lobenzeichnung hat nicht die mindeste Ähnlichkeit mit den sehr charakteristischen Suturlinien der *Arcesten*, und endlich sind die inneren Windungen bei den Formen, bei welchen wir dieselben kennen (*Stol. Xetra* Stol. und *argonautiformis* Stol.) kräftig radiat gerippt, was auf ganz verschiedene genetische Beziehungen schliessen lässt.

Um die Stellung unserer Gattung zu besprechen, sehe ich mich, was ich sonst hier vermieden habe, genöthigt, zwei neue

Arten aufzustellen, um Namen zu haben, deren ich mich bei der folgenden Discussion bedienen kann.

Stoliczkaia tetragona nov. sp. (*Ammonites dispar* S t o l i c z k a, the fossil Cephalopoda of the cretaceous rocks of southern India, tab. 45, fig. 2, non *Amm. dispar* O r b.). Abgesehen von der unbedeutend stärkeren Ausschnürung der Wohnkammer unterscheidet sich diese Form von *Hoplites dispar* O r b. durch viel bedeutendere Dicke, sowie durch die Berippung; bei *Stol. tetragona* sind die Rippen auch bei grösseren Exemplaren von gleichmässiger nicht sehr bedeutender Dicke während ihres Verlaufes von der Nath über Flanken und Externseite, während dieselben bei *Hoplites dispar.* ausser in der Jugend auf der Externseite angeschwollen und überhaupt in der ganzen Anlage breiter und dicker sind. Die Lobenzeichnung stimmt bei beiden Formen ziemlich überein.

Aus der Ootatoor-Gruppe von Moraviatoor im südlichen Indien.

Stoliczkaia clavigera nov. sp. (*Ammonites dispar* S t o l. the fossil Cephalopoda of the cretaceous rocks of southern India, tab. 45, fig. 1, non *Amm. dispar* O r b.)

In Berippung und Querschnitt steht *Stol. clavigera* dem *Hoplites dispar* viel näher als die vorige Art; dagegen unterscheidet sie sich durch einige sehr wichtige Charaktere; vor allem durch die Bildung der Wohnkammer, welche sehr stark und deutlich aus der regelmässigen Spirale sich entfernt, und auf der die Rippen auffallend anschwellen und auseinander treten; ferner durch die Lobenlinie, in welcher die Auxiliaren zu einem herabhängenden Nathlobus zusammentreten.

Aus der Ootatoor-Gruppe von Moraviatoor im südlichen Indien.

Hoplites dispar, *Stoliczkaia tetragona* und *Stol. clavigera* bilden eine Formenreihe, bei welcher als wichtigster Zug der Variationsrichtung die Ausschnürung der Wohnkammer auftritt; an *Stol. clavigera* schliessen sich zwei Formen mit derselben Variationsrichtung an; einerseits *Stoliczkaia crotaloides*, eine Form mit stark erweitertem Nabel, welche, so weit unsere Kenntnisse reichen, sich nicht fortsetzt, andererseits *Stoliczkaia argonautiformis*, ein wichtiger Übergangstypus. Hier ist der Nabel

(Neumayr.) 4

verengt, die Ausschnürung der Wohnkammer etwas stärker, die
Sculptur im Alter reducirt und auf die Externseite beschränkt,
aber der Contrast zwischen der Wohnkammer und den vorhergehenden Theilen der Windung ebenso wie bei *Stol. clavigera;*
der Nathlobus ist vorhanden.

An diese Art schliesst sich *Stol. Xetra* an, welche von *Stol.
argonautiformis* ebenso abweicht, wie diese von *Stol. clavigera;*
bei den sehr grossen, ausgewachsenen Exemplaren ist die Sculptur von der Wohnkammer ganz verschwunden, diese schnürt sich,
so viel zu erkennen ist, noch etwas stärker aus, der Nabel ist
noch mehr verengt, der Nathlobus stärker ausgebildet, kurz alle
Merkmale zeigen die stricte Fortsetzung der begonnenen Variationsrichtung; endlich stimmen die inneren Windungen von *Stol.
argonautiformis* und *Xetra* in der auffallendsten Weise überein;
von *Stol. Xetra* bietet dann die Verbindung mit den beiden noch
übrigen Formen *Stol. Rudra* und *Telinga* keine Schwierigkeit
mehr.

Die Charakteristik der Gattung *Stoliczkaia* lässt sich in fol-
gender Weise fassen: Nachkommen von *Hoplites dispar* Orb.
oder einer überaus nahestehenden Form, mit ausgeschnürter
ungefähr $^3/_4$ Windungen [1] betragender Wohnkammer(?); Mund-
ränder geschwungen, in der Myothecargegend vorgezogen, auf
der Externseite schwach ausgeschnitten. Innere Windungen mit
radialen Rippen, Wohnkammer glatt oder mit verdickten Rippen;
Externseite ohne Kiel und Furche. Lobenlinie verzweigt, aus
einem Siphonallobus, zwei Lateralloben und einem herabhängenden Nathlobus auf jeder Seite bestehend.

Da auch *Hoplites dispar* schon die ersten Anfänge der aus-
geschnürten Wohnkammer zeigt, so kann man ihn auch schon zu
Stoliczkaia ziehen; da aber die Stellung solcher Gränzformen
principiell gleichgültig ist, so scheint es mir zweckmässiger, die
europäische Art bei *Hoplites* zu lassen, so dass *Stoliczkaia* eine
specifisch indische Gruppe bildet.

---

[1] Bei Gelegenheit der Weltausstellung 1873 waren die Originale zu
Stoliczka's Kreidearten in Wien; ich glaube mich bestimmt an die Länge
von $^3/_4$ Umgang Wohnkammer zu erinnern, da ich jedoch versäumt habe,
dieses damals zu notiren, so kann ich keine sichere Angabe machen.

Stol. argonautiformis Stol.   *Stol. Telinga* Stol.
„   *clavigera* Neum.   „   *tetragona* Neum.
„   *crotaloides* Stol.   „   *Xetra* Stol.
„   *Rudra* Stol.

Crioceras Leveillé.

Ein Theil der evoluten Kreideammoneen schliesst sich an *Lytoceras*, ein anderer an *Olcostephanus* an; für eine dritte Gruppe, die wir als *Crioceras* zusammenfassen, ist durch die Untersuchungen von Pictet und Quenstedt der directe Zusammenhang mit *Hoplites*, und zwar speciell mit *Hopl. angulicostatus* nachgewiesen; es sind dies evolute in einer Ebene aufgerollte Formen, bei welchen ausser dem Siphonal- und dem einspitzigen Antisiphonallobus jederseits zwei nicht symmetrisch getheilte Lateralloben und keine Auxiliarloben auftreten. Auch hier sind nach der verschiedenen Art der Krümmung mehrere Gattungen aufgestellt worden, auf deren geringen Werth namentlich Quenstedt aufmerksam gemacht hat, und es herrscht in der That die grösste Willkürlichkeit in der Zutheilung zu der einen oder anderen; schon Pictet hat die sämmtlichen hierhergehörigen bis dahin zu *Crioceras* gezählten Vorkommnisse mit *Ancyloceras* vereinigt, und auch *Toxoceras* lässt sich nicht davon getrennt halten; für die ganze Formengruppe muss *Crioceras* als der älteste Namen bleiben. Die sämmtlichen Arten sind älter als Gault; die Hauptentwickelung findet im Neocom der mediterranen Provinz statt, und so ausserordentlich gross und reich hier ihr Formenreichthum ist, so kurz ist die Dauer; es ist bemerkenswerth, dass mit dem Verschwinden von *Crioceras* die stärkste Entwicklung von *Hamites* eintritt, so dass mit dem Erlöschen von *Crioceras* kaum eine Verminderung der evoluten Ammoneen eintritt; es deutet dies darauf hin, dass *Crioceras* von *Hamites* verdrängt wurde, und letztere Gattung dann die von ersterer vorher besetzten Stellen einnahm; ein solches Verhältniss ist aber nur dann möglich, wenn beide auf dieselben Lebensbedingungen specieller angewiesen sind, d. h. an dieselben angepasst waren, als andere, involute Ammoneen, so dass ein besonders heftiger Kampf um die Existenz zwischen ihnen bestand; es wäre sonst unverständlich, warum nur zwischen evoluten Formen und

nicht auch zwischen *Crioceras* und involuten Ammoneen eine
solche Wechselbeziehung existirt; wir können nur noch eine
Gattung nennen, die ungefähr gleichzeitig mit dem Untergange
von *Crioceras* zum Vorschein kommt und sich entfaltet, nämlich
Scaphites, ebenfalls ein evoluter Typus. Ein solches Zusammen-
treffen von Erscheinungsgruppen setzt einen ursächlichen Zusammenhang voraus, und ein solcher ist wohl nur in der Weise denk-
bar, dass bei allen drei Gattungen eine gemeinsame, anderen
Ammoneen fehlende Anpassung an äussere Verhältnisse vorhanden, die Concurrenz zwischen ihnen am stärksten war, und sie
sich im Haushalte der Natur gegenseitig ersetzten; wir müssen
also, so unwahrscheinlich es auch auf den ersten Blick erscheinen
mag, in dem Verlassen der geschlossenen Spirale eine Anpassung
an die äusseren Lebensbedingungen sehen; auf diese Weise
wird auch das sonst ganz unerklärbare Verhältniss verständlich,
dass ein und dieselbe sonderbare Eigenthümlichkeit, die Evolu-
bilität, gleichzeitig im Neocom bei zwei so durchaus verschiedenen Ammoneentypen wie *Lytoceras (Hamites)* und *Hoplites
(Crioceras)* auftritt.

Die Gattung *Crioceras* lässt sich folgendermassen charak-
terisiren: Von den Hopliten abzweigende, in einer Ebene aufgerollte Ammoneen, deren Windungen ganz oder theilweise frei
von einander sind. Ausser dem Siphonal- und dem einspitzigen
Antisiphonallobus jederseits nur zwei nicht symmetrisch in paarige
Hälften abgetheilte Lateralloben.

Crioceras Andouli A s t i e r. *Ancyloceras.*
    „   *annulare* O r b. *Toxoceras.*
    „   *Beani* Y o u n g et B i r d. *Ancyloceras.*
    „   *bicorne* O r b. *Toxoceras.*
    „   *Binelli* A s t. *Ancyloceras.*
    „   *bituberculatum* O r b. *Toxoceras.*
    „   *Bowerbancki* S o w. *Ancyloceras.*
    „   *breve* O r b. *Ancyloceras.*
    „   *Brunneri* O o s t. *Ancyloceras.*
    „   *Cornuelianum* O r b. *Crioc.*
    „   *Cornuelianum* O r b. *Ancyloc.*
    „   *Couloni* O o s t. *Ancyloc.*

Crioceras cristatum Ast. *Ancyloc.*
" *dilatatum* Orb. *Ancyloc.*
" *Duvalii* Lév. *Crioc.*
" *Duvalianum* Orb. *Ancyloc.*
" *Duvalianum* Orb. *Toxoc.*
" *Emerici* Lév. *Ancyloc.*
" *Emericianum* Orb. *Toxoc.*
" *elegans* Orb. *Toxoc.*
" *Escheri* Oost. *Ancyloc.*
" *Fourneti* Ast. *Ancyloc.*
" *furcatum* Orb. *Ancyloc.*
" *gigas* Sow. *Ancyloc.*
" *grande* Sow. *Ancyloc.*
" *Heeri* Oost. *Ancyloc.*
" *Hilsi* Sow. *Ancyloc.*
" *Honnorati* Oost. *Ancyloc.*
" *Jauberti* Ast. *Ancyloc.*
" *Jourdani* Ast. *Ancyloc.*
" *Jcaunense* Cott. *Toxoc.*
" *insigne* Pict. *Ancyloc.*
" *Köchlini* Ast. *Ancyloc.*
" *Lardyi* Ooster. *Ancyloc.*
" *longicorne* Pict. et Lor. *Toxoc.*
" *Matheroni* Orb. *Ancyloc.*
" *Meriani* Oost. *Ancyloc.*
" *Morloti* Oost. *Ancyloc.*
" *Moussoni* Oost. *Ancyloc.*
" *Moutoni* Ast. *Ancyloc.*
" *nodosum* Cat. *Ancyloc.*
" *nodosum* Orb. *Toxoc.*
" *obliquatum* Orb. *Toxoc.*
" *Orbignyanum* Math. *Ancyloc.*
" *ornatum* Orb. *Ancyloc.*
" *Panescorsi* Ast. *Ancyloc.*
" *Picteti* Oost. *Ancyloc.*
" *Pugnairi* Ast. *Ancyloc.*
" *Puzosianum* Orb. *Crioc.*
" *Puzosianum* Orb. *Ancyloc.*

Crioceras pulcherrimum O r b. *Ancyloc.*

       „   *Quenstedti* O o s t. *Ancyloc.*

       „   *Sablieri* A s t. *Ancyloc.*

       „   *Sartousi* A s t. *Ancyloc.*

       „   *Sabaudianum* P i c t. et L o r. *Ancyloc.*

       „   *Seringei* A s t. *Ancyloc.*

       „   *simplex* O r b. *Ancyloc.*

       „   *Studeri* O o s t. *Ancyloc.*

       „   *Thiollierci* A s t. *Ancyloc.*

       „   *Terveri* A s t. *Ancyloc.*

       „   *Van den Hecki* A s t. *Ancyloc.*

       „   *Villersianum* A s t. *Ancyloc.*

Heteroceras Orbygni.

Heteroceras umfasst eine Anzahl äusserst sonderbar gestalteter Formen, welche zu *Crioceras* zu demselben Verhältniss
stehen, wie *Turrilites* zu *Hamites.* Von *Crioceras* unterscheidet
sich unsere Gattung durch das Heraustreten aus einer Ebene,
von *Turrilites* durch die unsymmetrisch getheilten Lateralloben,
ausserdem aber noch durch den ganzen Habitus und die ganz
abnorme, aus den Zeichnungen von d'O r b i g n y [1] bekannte Art
der Krümmung. Ausser den drei typischen Arten ist noch *Turrilites Senequieri* O r b. hierher zu rechnen [2].

     Heteroceras Astierianum O r b.

       „   *bifurcatum* O r b.

       „   *Emerici* O r b.

       „   *Senequieri* O r b.

Aspidoceras Zittel.

Einige wenige untercretacische Formen scheinen sich an
diese im oberen Jura stark verbreitete Gattung anzuschliessen;
zu den bekannten Charakteren derselben habe ich nichts hinzuzufügen.

---

[1] Journal de Conchyliologie, Vol. II.

[2] Vgl. oben bei *Turrilites.*

Aspidoc. nodulosum C a t.
      „   *Royerianum* O r b.
      „   *simplum* O r b.
      „   *Voironense* L o r.

Cosmoceras Waagen.

Cosmoceras hat seine Hauptverbreitung im oberen Theile des Dogger und im unteren Theile des Malm; im mittleren und oberen Malm ist die Vertretung sehr schwach, und im Neocom scheint nur eine einzige Art hierher zu gehören, nämlich:

Cosm. verrucosum O r b.

Aus der k. k. Hof- und Staatsdruckerei in Wien.